10|18
12, avenue d'Italie — Paris XIIIe

Du même auteur
dans la collection 10/18

33° À L'OMBRE, n° 1681
L'HOMME QUI AVAIT PERDU SON NOM, n° 2272
LE CLUB DE CHASSE, n° 2383
PANAMA, n° 2422
EMBUSCADE POUR UN PIANO, n° 2488
COMMENT PLUMER UN PIGEON, n° 2489
RIEN QUE DU CIEL BLEU, n° 2834

LA SOURCE CHAUDE

PAR

THOMAS McGUANE

Traduit de l'américain
par Jean GUILOINEAU

10|18

« Domaine étranger »
dirigé par Jean-Claude Zylberstein

CHRISTIAN BOURGOIS ÉDITEUR

Titre original :
Something to be desired

ISBN 2-264-02420-8

Pour le comte Guy de la Valdene

Il ne fait aucun doute que le chien qui est vraiment prêt à participer à un grand concours est sur le point de commettre de très graves erreurs.

Charles MORGAN
(*Les Chiens d'arrêt*)

1

La lune s'élevait à l'horizon et flottait juste au-dessus de la prairie, blanche et souveraine comme un capitaine de navire. Ils avançaient tous deux et leurs ombres couraient sur le sol et sur la sauge. Le jeune garçon se concentrait sur la marche qui était sans risque sauf aux endroits où les eaux avaient affouillé des terrains en surplomb qui s'effondraient brusquement sous eux. Son père marchait devant à grands pas, en silence, et l'essoufflement du garçon ne modifiait en rien le bruit régulier de ses bottes. L'enfant portait encore son maillot de base-ball, et il avait un pull vert attaché par les manches autour de la taille. Le vent qui soufflait des ravins passait sur eux avant de se diriger vers les lumières de la ville.

« Tu es essoufflé ?

– Non.

– Continuons. » Son père repartit de plus belle, puis il demanda : « Tu as l'impression d'avoir été enlevé ?

– Non. »

Son père était revenu après avoir fui sa mère et s'être caché dans le dernier endroit où on l'aurait recherché, à Arequipa au Pérou, où il avait fait la cuisine sur des feux de crottes de mouton, avait bien trop bu et avait envoyé à son fils des lettres incohérentes jusqu'à ce que son fils rate ses études et soit renvoyé de l'équipe de base-ball. Puis, un matin, alors que le garçon passait à nouveau un samedi à la maison, loin de sa troisième base bien-aimée, le père entra et dit : « Alors, Lucien ? Où est-ce qu'on va ? »

Lucien, né dans une petite ville, perdu dans la lecture d'Ernest Thompson Seton, dit : « Dans les collines. » Il était déconcerté par l'apparition théâtrale de son père, mais avant tout heureux de le revoir.

Maintenant, ils étaient perdus. Ils étaient perdus depuis deux jours. Pas sérieusement perdus parce qu'ils pouvaient voir les lumières de Deadrock ; mais ils avaient perdu leur camp sur les escarpements rocheux des Crazy Mountains. Ils auraient pu atteindre la grand-route en quelques heures, et pourtant ils n'avaient pas mangé depuis des jours. Ils avaient les pieds couverts d'ampoules ; deux fois, le père s'était couché par terre en chien de fusil avant de refaire le même grand cercle avec colère et en s'apitoyant sur lui-même. Quand il entendait la respiration difficile de son fils, il disait : « Tu joues au base-ball et moi j'ai cinquante ans. Marche. » Lucien se taisait. Il pensait à ses livres et se demandait s'ils se trouvaient toujours sur le bureau de la salle d'étude, une pièce presque vide avec une pendule, surveillée pendant une semaine par un professeur d'histoire, la suivante par un professeur d'anglais, un homme qui s'ennuyait et qui tuait le temps tristement au-dessus d'un livre de poche. Les mauvais résultats de Lucien semblaient être étrangement permanents. Un type des grandes classes l'appelait le bébé aux forceps. Une lumière de prison tombait par les fenêtres sur Lucien et sur les livres brusquement morts pour lui. Il s'ennuyait de chez lui, mais il n'y avait plus de chez lui, rien pour remplir son cœur cloisonné, jusqu'à la satisfaction brûlante de l'arrivée de son père, descendu de l'inexplicable Arequipa au Pérou, où Lucien imaginait des Indiens et des colons enfermant son père dans le divorce. C'était l'année du scandale vigogne dans l'administration Eisenhower. Pour Lucien l'aspect blasphématoire du départ de son père semblait infecter la politique nationale. En outre, sa mère ne voulait pas donner une autre chance à la famille. « C'est terminé », disait-elle du mariage.

Lucien commença à penser : « Si nous ne pouvons pas retrouver le camp, il va falloir que nous allions au Pérou. » Par ailleurs, sa dernière leçon d'histoire – le livre était peut-être encore ouvert sur le bureau de la salle d'étude –, concernait le scandale du Teapot Dome. Lucien savait que le Teapot Dome était quelque part dans le coin, peut-être entre ici et le camp ; et tout autour il y avait les fantômes des escrocs en gilets et chapeaux mous, les poches remplies d'argent. Il avait déjà appris qu'en Amérique les très bons et les très méchants ne savaient pas quoi faire de leur argent.

« Si tu veux laisser tomber, dit son père, on peut aller vers la grand-route. » Il avait le visage déformé par la douleur et on entendait un léger sifflement dans sa respiration.

Lucien le regarda. « Je ne veux pas m'arrêter, dit-il. Je veux qu'on retrouve le camp.

– Nous avons fait la même chose à cinq mille mètres, reprit son père d'une voix faible. Dans les Andes. » Lucien connaissait le compagnon de son père au Pérou, un marchand de voitures de Billings qui s'appelait Art Clancy, et qui fuyait également un divorce. Art pesait cent quinze kilos. Lucien eut plus de mal à l'imaginer à cinq mille mètres qu'il en avait eu à imaginer son père. Art était un tombeur de première, même avec son poids ; il avait un appartement secret et une Corvette. Il y avait un certain rapport entre tout ça et la séparation des parents de Lucien. Un matin de gueule de bois, d'après la mère de Lucien, Art Clancy et son père avaient rejoint le groupe hivernal d'une entité qui s'appelait la World Adventure Series. C'était un voyage organisé pour le Pérou, là où les Indiens portaient des bonnets avec des oreillettes et où le père de Lucien, n'ayant plus de secrétaire, envoya à son fils les premières lettres manuscrites que ce dernier avait jamais vues de sa main. L'écriture était solide et régulière et parlait d'évasion romanesque : parfois le père de Lucien était le seul à s'évader ; parfois Lucien et son père étaient décrits dans les lettres comme en train de s'évader ; parfois il y avait de la colère et de la gloire et parfois seulement de la colère. Dans tous les cas, c'était le monde qui était contre eux, un monde qui ne prenait plus aucun soin de l'individu et de sa crainte d'homogénéité. Parfois, on ne pouvait pas lire un seul mot d'une lettre. C'était comme la nuit où la mère de Lucien avait enregistré son père et il s'en était pris à elle. A cause de ça, le père de Lucien était parti avec la police, et ensuite il y avait eu la World Adventure Series pour le Pérou avec Art Clancy. La mère de

Lucien traitait le père de Lucien de lâche, un mot violent.

Lucien commença à reconnaître l'endroit où ils se trouvaient. Il aurait pu le dire tout de suite. Mais au lieu de ça, il prit une légère avance jusqu'à ce qu'ils se trouvent au pied du petit à-pic. Son père ne savait pas qu'ils avaient retrouvé la piste. Au-dessus d'eux, il y avait un rocher sombre et des étoiles éparpillées sur un chemin brillant jusqu'aux nuages éclairés. C'était la piste parfaite pour qu'un cougar ou un crétin vous tombe dessus : Lucien ne savait absolument pas qui vivait par ici. Mais il savait que c'était plus qu'un décor pour son père et pour lui-même, plus qu'une lettre illustrée. Pour une raison quelconque, il ne dit toujours pas à son père qu'ils étaient revenus. Il entendait la respiration sifflante de son père comme s'il avait eu un petit objet rigide planté dans la gorge, un objet cruel.

Un nuage de corbeaux s'envola d'un creux entre les modestes collines, en révélant la plus remarquable source chaude qu'on puisse imaginer, un trou d'eau d'un bleu profond, une vapeur pâle qui s'élevait de la surface et se mêlait aux tiges de sauge. Pendant un court instant, tous deux oublièrent leurs ennuis en flottant dans le bleu de la source. Ils virent le monde à travers une brume douce et dirent les choses les plus simples.

Le père de Lucien aperçut au loin les bâtiments d'un ranch. « Ce doit être privé », dit-il ; et ils s'en allèrent.

Puis on put voir leur camp, une tente bon marché et sinistre, pas très bien dressée, avec des boîtes de conserve empilées près de l'entrée. Ils étaient partis depuis presque deux jours, et quand son père vit la tente, il poussa un gémissement et courut vers elle au petit trot. Il se jeta par terre à côté des boîtes de conserve; pendant un long moment, sa respiration souleva son dos courbé et épuisé. Lucien eut peur que ce soit une crise cardiaque. « Tu vas bien? » demanda-t-il, mais il n'obtint pas de réponse. Il se détestait de ne pas savoir donner les soins d'urgence.

Son père se redressa. Il dit : « On devrait manger. On devrait manger maintenant. »

Lucien commença à faire un feu. Il y avait beaucoup de bois mort. Il y avait des allumettes et un produit dont il aspergea le bois. Quelques instants plus tard, ils avaient du feu et de la chaleur.

« Notre marche dans le désert touche à sa fin », dit le père de Lucien. Lucien n'avait pas pensé à un désert. Il se dit que les deux jours passés à suivre le soleil avaient été magnifiques. Il ne savait pas bien de quelle façon son père avait été présent, mais son père avait été présent de la façon minimale qu'un garçon pouvait accepter.

C'était une vieille tente achetée par correspondance, quand Lucien était en première année de primaire, pour un voyage aux Boundary Waters dans le Minnesota, un voyage qu'ils n'avaient pas pu faire à cause de la récession ou quelque chose concernant les petits cadres. On avait traité la tente pour la rendre imperméable, une odeur de goudron. La lune à l'extérieur faisait apparaître la trame du tissu. Lucien observait le sommeil merveilleusement calme de son père. Il n'arrivait pas à savoir s'il était dans une situation encore pire à l'école et s'il retournerait jamais dans l'équipe de base-ball, ou si la terrifiante intervention de son père supprimait cet univers et ses règles. En fait, il n'arrivait pas vraiment à savoir si son père était heureux d'être revenu. C'était comme si le même maître se tenait au-dessus d'eux avec un bâton, et qu'il ne se contentait pas de les diriger mais qu'il leur faisait décrire des cercles autour des montagnes, autour de leur camp, autour de leurs boîtes de conserve.

Son père avait emporté un luxueux poste radio Zenith pour l'excursion, afin qu'ils ne soient pas surpris par le mauvais temps. Lucien captait neuf pays. Il baissa le son autant qu'il put et chercha les stations pour tromper son insomnie. Il réussit à capter Mexico, ce qui était étonnant en 1958. Le speaker parlait très vite et cela rappela à Lucien qu'il était nul en espagnol. Il réussit à saisir *muy* une centaine de fois. Puis il déplia l'antenne d'un mètre quatre-vingts par l'entrée de la tente et continua à chercher; il capta une station baptiste en langue anglaise en plein milieu de Port-au-Prince à Haïti, là où il y avait le vaudou, on parlait de Notre Seigneur Jésus-Christ; pas du tout comme aurait parlé une station baptiste. Le type de Haïti était vraiment poli. Puis Lucien capta de rudes voix du Nord qu'il ne comprenait pas. C'étaient peut-être des Russes.

Il revint à Haïti. Un vent froid agitait les côtés de la tente, un vent des rochers qui murmurait à travers les imprécations du prédicateur de Haïti à bout de ressource, tellement soucieux de se faire des amis parmi les païens qu'il disait Aï-Ti à la manière des Haïtiens; le vent murmurait sur le voyageur péruvien fatigué et sur son fils encore au début de sa route.

Un jour bleu du nord se leva sur le bassin de graviers, un bassin bordé de petites sources étincelantes et d'une végétation délicate dont les feuilles tranchantes se répandaient jusqu'aux saules francs près du ruisseau. Le ruisseau se dirigeait vers le sud avant de disparaître. Le cheval perdu de quelqu'un se tenait à l'endroit précis où le ruisseau tombait dans le ciel d'un bleu pur, et il broutait ou regardait vers leur camp, de l'autre côté du bassin de graviers. La première pensée de Lucien fut de l'attraper pour revenir à l'école sur son dos et retrouver sa place de troisième base.

Je ne pourrai jamais l'attraper, se dit-il. Il ralluma le feu pour le petit déjeuner en le faisant repartir d'un seul coup avec l'allume-feu, une flamme aussi grande que Lucien, qui s'avança de façon menaçante vers la tente puis qui revint paisiblement dans le petit tas de bois. L'odeur de la viande et des œufs réveilla son père qui sortit à quatre pattes en louchant dans la lumière du jour.

« Tu as laissé le poste de radio allumé, Lucien. La pile est morte. » Son père se plia en deux pour examiner une ampoule sur son talon, en déplaçant le liquide qui se trouvait à l'intérieur entre ses deux pouces. « Nom de Dieu », dit-il.

Ils prirent leur petit déjeuner et Lucien alla laver les assiettes dans le ruisseau. A cause de l'eau froide, la graisse figée collait au métal et il dut les frotter avec du sable pour les nettoyer. Lucien avait conscience que son père regardait le sommet des montagnes, du rocher qui jaillissait du sol, apparemment aussi doux que la berge d'un torrent. « Pas étonnant que personne ne vive ici, pas étonnant qu'ils restent en ville, dit son père. Il n'y a aucune raison d'être ici. Tu viens ici pour être quelqu'un et plus personne! Regarde ce pauvre cheval. Tu te rends compte?»

Cela ne fit naître en Lucien aucun sentiment, à moins que cette absence fût aussi un sentiment. C'était comme d'avoir frappé une balle et de ne pas la voir retomber. On pouvait à peine appeler ça une erreur de lancer.

Son père fit lentement le tour de la tente, un doigt dans ses cheveux ébouriffés, en faisant l'inventaire du camp, ce camp qu'ils avaient installé quelques jours plus tôt comme la porte ouverte vers un monde meilleur.

« Il n'y en a pas pour cent dollars, dit son père, en contemplant leur camp. Allons-nous-en.» Lucien écoutait, en attendant une information supplémentaire, mais c'était fini : laissons tout.

Ils n'avaient rien à porter, ni à faire d'effort pour grimper; le père de Lucien ouvrait la marche d'un pas insouciant. Une partie de la mission était achevée. Les lumières de Deadrock se limitaient aux contours du petit bourg; et des bouffées de puanteur venaient des sources chaudes au sud de la ville. Lucien se demanda pourquoi ce qui était désagréable et ce qui soignait étaient toujours associés.

« J'ai peur de me sentir un peu coupable, dit le père de Lucien en riant. Un peu coupable, un peu affamé et un peu assoiffé.

– Pourquoi coupable?

– Parce que je t'ai fait manquer l'école.»

Lucien continua d'avancer pendant une minute, en traînant les pieds sur la piste sèche et pierreuse. « Ça ne marchait pas très bien à l'école, répondit-il. Tu n'as pas fait beaucoup de mal.

– Je suis sûr d'avoir fait *beaucoup* de mal », dit son père. Lucien se demanda pourquoi à cause de lui son père se sentait toujours tellement coupable. Ils avaient vécu si peu d'aventures ensemble, mais à chacune d'elles son père était bourrelé de remords. Peut-être ne devraient-ils plus essayer de vivre des aventures ensemble; cette pensée remplit Lucien de tristesse, mais c'était peut-être vrai. Puisque les aventures ne faisaient que rendre son père coupable. Ils étaient allés à Cabo San Lucas, et son père avait souffert le martyre parce que c'était le premier voyage qui révélait la détérioration de son mariage avec la mère de Lucien. Au moins ce voyage avait-il eu lieu pendant des vacances scolaires, et son père avait éprouvé un sentiment d'irresponsabilité moins violent que cette fois-ci. Lucien savait que cette fois son père avait l'impression d'être plus un kidnappeur qu'un aventurier.

Pendant les derniers cinq cents mètres, la piste n'était qu'une corniche de granit. De là, on pouvait voir en dessous des oiseaux qui planaient et qui, de temps en temps, plongeaient vers la prairie les pattes en avant. On distinguait aussi leur voiture : presque à la verticale, un rectangle de peinture, comme la petite voiture que Lucien poussait d'une main sur le tapis à la maison. C'était autrefois, quand son père et sa mère avaient leurs célèbres soirées au cours desquelles ils montraient leur talent exceptionnel de danseurs, et au cours desquelles Lucien, qui mourait déjà d'envie de plaire, s'entraînait à être un parfait barman, toujours prêt à ne pas tenir compte du mesureur et à remplir les verres pour les amis de la famille et, plus tard, il écoutait à travers le plancher les plaisanteries qu'on beuglait et les rires de Walkyries des épouses. C'était quand le bureau de recensement harcelait le père de Lucien parce qu'il se déclarait impresario ; Lucien ne savait pas encore de quoi il s'agissait, mais tous les adultes se réunissaient pour faire des fêtes et lutter contre le bureau de recensement, pour faire la quête, pour affirmer leur foi dans les impresarios, une catégorie que le bureau du recensement ne voulait pas accepter. C'était passionnant. Lucien était le barman, encore enfant et empressé, qui réunissait des nouveaux venus en ville, des stagiaires, avec son mesureur précis. Et brusquement, les choses étaient devenues si passionnantes que son père était parti au Pérou avec l'homme qui lui avait vendu sa dernière voiture : une voiture différente du simple modèle commercial qui roule vers la piste sinueuse ; la voiture qu'Art Clancy avait vendue à son père était une Thunderbird et maintenant c'était sa mère qui l'avait. Elle avait la maison et tous les biens. En plus, elle avait fait quelque chose que Lucien n'arrivait absolument pas à comprendre – elle avait laissé partir tous ceux qui assistaient aux soirées. Et maintenant ils étaient partis, son père avait dit tristement : ils sont tous partis.

Ils roulaient vers Deadrock où ils avaient loué la voiture. Ils n'allaient pas la rendre aujourd'hui ; son père avait promis encore et encore qu'ils ne la rendraient pas aujourd'hui, comme si ça inquiétait Lucien. « Nous avons cette voiture depuis près de quatre jours, rappela son père, et on n'a pas fait quatre-vingts kilomètres ! » Tandis qu'ils roulaient, Lucien écoutait des histoires sur les descendants actuels des Incas, comment ils cachaient de l'or dans des lacs, arrachaient des cœurs, sacrifiaient des vierges. Il apprit l'étonnement de ces petits hommes, avec leur large poitrine d'habitants des Andes et leurs oreillettes, quand ils avaient vu la Corvette d'Art Clancy. Le Pérou avait été toute une affaire. Les Indiens essayaient de toucher la voiture. Art Clancy leur parla dans une sorte d'imitation de Khrouchtchev. « Bas les pattes, dit-il aux petits Incas. Je vous tire une balle dans la tête. » L'année de Cabo San Lucas, on avait gardé pendant longtemps l'accent mexicain. « C'est bon'! » tenait lieu d'approbation. Quand Lucien attrapa une truite dans le fossé derrière la maison, sa mère s'écria : « Oun' pouasson'! C'est bon'! »

Lucien soupçonnait son père de penser encore plus que lui à sa mère. A cause de la tranquillité de son père quand il traversa le pont sur la rivière, puis la voie de chemin de fer. Peut-être que la mère de Lucien l'aurait mis à la porte; mais en faisant cela, elle aurait tout jeté et elle ne l'aurait peut-être pas fait. Qui le saurait jamais? Personne. Cela gâchait tout, depuis le lever du jour jusqu'au base-ball. Cela gâchait chaque chose. C'était une vraie peste.

La voiture entra dans Deadrock. Ils avaient peu de bagages. La ville restait accroupie devant la montagne terrifiante au sud, de hauts sommets très irréguliers qui semblaient dire à la petite ville : Ne bouge pas. Personne ne marchait dans les rues tandis que Lucien et son père restaient assis dans la voiture de location arrêtée. On voyait beaucoup de monde mais les gens sortaient simplement d'un magasin ou d'un bar pour se précipiter dans un autre, en décrivant un bref arc de cercle, et en fuyant le même spectacle. Cet air indécis convenait parfaitement à Lucien et à son père. Il semblait être trop tôt et trop tard dans la journée. Avant le divorce, cette ville avait aussi été celle de son père.

« On devrait prendre une chambre », dit son père.

Il remit la voiture en marche et commença à chercher un hôtel. Il y en avait deux bons, devant lesquels ils passèrent très lentement. Son père les observa d'un œil critique, puis il sortit la tête dans l'air chaud pour regarder les étages supérieurs, peut-être pour en évaluer la hauteur et l'allure, peut-être pour apercevoir un appartement avec terrasse, plus agréable que les chambres des étages inférieurs, des chambres, Lucien en était sûr, auxquelles son père faisait référence quand il prononçait l'expression « des pellicules sur les épaules ».

Puis il fonça impatiemment sur Parkway et trouva le seul motel de Deadrock, un établissement tout neuf. En 1958, un motel était quelque chose de tout à fait extraordinaire, le confort et la vie à côté de votre voiture. Lucien vit que son père allait bien, qu'il manifestait une volonté et qu'il ne laissait pas son esprit errer parmi des choses gâchées. Et la présence réprobatrice de son propre enfant. Oui, Lucien ressentait cela en ce moment.

Le père de Lucien entra dans le motel pour retenir une chambre. Il ressortit avec un stylobille, écrivit le numéro d'immatriculation et rentra à nouveau. Puis il revint et sauta dans la voiture, l'air content. « Quinze B, ça me plaît! " B "! C'est de plain-pied! Tu aurais dû voir la patronne. Elle donne l'impression que si on ne lui prend pas une chambre, la banque va lui tomber dessus. » Son père eut un grand sourire charitable. Lucien jeta un coup d'œil par-dessus son épaule et vit la patronne, qui tirait le store vénitien, surprise. Il lui adressa un signe de la main.

La chambre était un autre monde : dernier cri, obscure. Il y avait des petites choses sur le dessus-de-lit qu'on pouvait grignoter. Le père de Lucien regarda les reproductions accrochées au mur en marchant de côté, il pianota sur le poste de télé, puis il compta dix dollars qu'il coinça sous un cendrier. « Je vais m'acheter une ceinture. Si je suis en retard et que tu as faim, voici dix dollars. » Il s'en alla dans un frisson de lumière.

Lucien lut la notice d'accueil au *Big Sky* et feuilleta la bible du motel. Il n'y aurait pas Kukla, Fran et Ollie à la télévision avant longtemps. Il ouvrit le rideau et vit que leur voiture n'était plus là : il ne l'avait pas entendue démarrer. Il se demanda si quelqu'un utiliserait leur tente; peut-être le propriétaire du cheval – ça ferait un bel ensemble pour un homme qui voudrait voyager dans les collines et les montagnes. Il s'allongea un moment pour essayer de se reprendre. Très vite, il ne bougea plus.

Il s'éveilla en pleine nuit. Son père se tenait debout en short, le bras tendu, le doigt pointé; le symbole du refus, un dieu chassant quelqu'un. « Dehors! » hurla-t-il.

Effectivement, on chassait quelqu'un; mais elle semblait très mécontente qu'on ne lui ait pas laissé le temps de s'habiller. Elle se plaignait amèrement tout en marchant à quatre pattes à la recherche de ses vêtements, et en tendant chacun d'eux dans la lumière qui venait de la salle de bains pour l'identifier rapidement.

« *Dehors* ! » hurla son père.

« Je m'en vais, gémit-elle, mais pas comme ça. »

Elle se démena encore un peu, se releva et se pencha pour se glisser par la petite ouverture que le père de Lucien faisait pour elle dans la nuit.

Lucien entendit son père qui marchait dans la pièce en ne s'arrêtant que pour de longs soupirs. Enfin :

« Lucien ?

– Je ne dors pas.

– Je suis désolé...

– Je ne dors pas.

– Depuis combien de temps est-ce que tu es réveillé ?

– Pas longtemps, dit Lucien.

– Lucien, quand tu étais petit, j'ai bien voulu que tu aies beaucoup d'animaux, des hamsters, des lapins, et ainsi de suite. Tu te souviens que j'ai bien voulu ?

– Oui, je m'en souviens.

– C'était pour que tu apprennes comment étaient les animaux, comment nous sommes tous des animaux.

– Oui, papa.

– Et maintenant je vais téléphoner à maman. »

Il appela le standardiste de nuit ou celui du matin, puis il apprit à la mère de Lucien qu'ils n'étaient plus dans les montagnes. « Maman, dit-il. Je suis avec Lucien. Nous voulons venir te voir à la maison, maman. » Lucien ne savait quelle attitude prendre en entendant ça. Brusquement, son père eut l'air d'écouter. Il répéta un « euh, heu » plusieurs fois, d'une voix plus grave et plus terne. Il fit signe à Lucien d'aller dans la salle de bains et de fermer la porte derrière lui. Lucien se pencha sur le robinet, il le tourna de façon microscopique jusqu'à ce qu'une goutte d'eau en tombe, il le referma et recommença. Puis il entendit son père l'appeler.

Quand il revint dans la chambre, la lampe de chevet était allumée et son père était assis très droit à côté, il pleurait silencieusement en soulevant les épaules.

« Qu'est-ce qu'il y a papa, on peut pas rentrer à la maison ? » Lucien était effrayé.

« C'est pas ça... » Il pleura encore pendant quelques minutes, puis il se reprit.

« Art Clancy s'est fait tuer par sa petite amie, dit-il dans un sanglot. A Arequipa, au Pérou. »

Son père avait accompagné Lucien en faisant très attention pour traverser la ville depuis le motel. Ils s'arrêtèrent à la porte de leur maison pendant que son père glissait un doigt à l'intérieur de son col de chemise, puis il fit un petit signe de tête rapide à Lucien, comme un conspirateur. Il frappa. L'instant d'après, la porte s'ouvrit et sa mère était là, bien habillée.

« Quand est-ce qu'on mange ? » crièrent ensemble Lucien et son père.

Son regard alla de l'un à l'autre. « Voilà mes affamés », dit-elle avec un sourire chaleureux et elle entra dans la maison pour que ses hommes la suivent.

Chili n'était plus là. Lucien savait très bien que sa mère pouvait s'être débarrassée du petit oiseau bleu et joyeux; ou au moins qu'elle avait pu le donner simplement à cause de son nom espagnol. Lucien était sûr qu'elle imaginait Clancy au Pérou, avec ses costumes de chantoung, sa Corvette et son mauvais espagnol, si bien qu'une perruche qui s'appelait Chili lui semblait mauvaise. Il soupçonnait déjà que l'accueil de sa mère cachait ses intentions; aussi la main de sa mère qui claqua sur le visage de son père ne le surprit-elle pas. Son père se contenta d'encaisser le coup. Il ne pouvait pas faire grand-chose d'autre. Lever les mains pour se protéger l'aurait fait passer pour un enfant aux yeux de son fils.

« Je m'en vais, dit le père de Lucien.

– Où ? Au Pérou ? » Le long visage noble de sa mère avait toujours l'air surpris quand elle était en colère. Ce que beaucoup prenaient pour de l'étonnement n'était en fait que l'annonce d'une fureur hystérique. « Toi et ton Pérou ! »

Alors, le père de Lucien fit quelque chose de très étrange et pourtant de tout à fait caractéristique : il fit un signe à une personne imaginaire à la fenêtre derrière elle; quand elle se retourna, il l'allongea par terre d'un coup de poing terrible.

Son père quitta la pièce, il passa par la porte vitrée et alla directement dans la petite cour où le chien se cachait dans sa niche de style élisabéthain, la chaîne décrivant un arc de cercle étroit pour entrer par la petite porte, comme toujours quand il y avait une dispute familiale. Il gravit la petite butte à côté du lilas et jeta un dernier regard dans la salle de séjour avant de disparaître dans la chambre d'amis au-dessus du garage.

La mère de Lucien était toujours allongée par terre, et elle tâtait d'un doigt prudent le tour de son œil gauche qui changeait de couleur. « Je suis vraiment une andouille si j'appelle pas les flics », dit-elle avec une diction qu'elle utilisait rarement sauf quand elle essayait de révéler la nature vraiment sordide de sa vie. Si tout cela était arrivé à l'une de ses amies, elle aurait dit : « Elle est vraiment poire si elle n'appelle pas un agent. » Elle se redressa, se mit sur ses pieds et se dirigea vers l'escalier. « Tu devrais te trouver quelque chose à manger, Lucien. Je ne suis pas en état de vous aider, les hommes. Pas aujourd'hui. Peut-être plus jamais. » Lucien sentit revenir son émoi en entendant ces derniers mots. Il y avait toujours de l'électricité dans l'air. Il se fit un sandwich.

Quand il eut fini de le manger, il alla dans la chambre d'amis. Son père était assis sur le bord du lit, comme une nouvelle recrue pendant sa première nuit à la caserne. « Je ne pouvais pas la laisser continuer comme ça, fiston, dit-il. Pas devant toi. » Il leva les yeux pour voir si Lucien gobait ça. Lucien ne laissait rien paraître sur son visage. « Je ne sais même pas de quel côté tu es. » Il s'allongea sur le lit, les mains sous la nuque, le regard au plafond. « Là-bas, dans les grands espaces... c'était vraiment autre chose. Là-bas, on ne fait pas un coup en vache à quelqu'un parce qu'il est un peu fier. »

Lucien alla porter une cruche d'eau à sa mère. Elle but avidement, comme si elle était arrivée d'un long voyage quelques instants plus tôt. « Je me demande qui était vraiment le responsable de ce voyage au Pérou. Maintenant, Clancy est mort. J'ai l'impression que je ne le saurai jamais, hein ?

Clancy me l'aurait dit, parce que Clancy savait qu'il valait mieux ne pas se mesurer à moi. Tu me comprends, Lucien? Évidemment, tu ne me comprends pas, mon petit ange aux ailes d'argent, toi... Du cognac. »

Lucien redescendit et rapporta la bouteille de cognac et un verre. Sa mère avait allumé une bougie dans la chambre, elle fit tourner son verre et le chauffa tout en buvant à petites gorgées. « Non, Lucien, entre ton père et Art Clancy, il n'y avait pas une ombre d'honnêteté. » Elle leva son verre de façon à voir danser la flamme de la bougie à travers le cognac. Ses yeux louchèrent et elle reprit : « Clancy? J'espère qu'il grille en enfer. » Lucien frissonna à cette idée qui était pour lui tout à fait réaliste. « Ton père n'est pas suffisamment un homme pour mériter un châtiment aussi spectaculaire. » Elle cracha. « Tu t'es bien amusé à la campagne?

– Oui, maman.

– Qu'est-ce que tu as vu?

– Un cheval, c'est tout.

– Ça n'a pas l'air d'avoir été un grand voyage.

– C'est difficile à décrire.

– D'accord, dit-elle, au moins tu n'es pas encore assez vieux pour te fourrer dans des ennuis. Mais ça aussi, je suppose que ça ne va pas tarder. »

Ce que cherchait sa mère pour attacher Lucien et son père dans un nœud horrible commençait à le frapper à l'estomac. Sa mère sortit un miroir de son sac et évalua l'enflure de son visage qu'elle tapota avec une houppette à poudre, comme si elle voulait que ça ne se voie pas. Elle sortit une photo et la tint près de son visage. « Clancy, dit-elle. Qui aurait jamais pensé ça? »

Il y avait quelque chose dans l'air que Lucien n'aimait pas, qu'il n'aimait pas du tout. Après ce genre de remarque, personne dans la famille ne saurait monter le chauffage en hiver, fermer la fenêtre quand il pleuvrait ni ne mettrait d'antigel dans la Thunderbird en novembre. Personne ne se souviendrait d'envoyer à tante Marie la folle un petit mot de remerciement quand elle oublierait d'envoyer un cadeau de Noël, et tante Marie passerait un sale Noël.

La longue nuit s'allongea encore. Tout d'abord le père de Lucien descendit furtivement pour manger un dernier morceau, et il faillit se cogner dans sa mère. Lucien regardait depuis le canapé. Le pain grillé que son père tenait sous le bras, et le carton de six bières d'importation, le fromage et les fruits, tout tomba par terre. « Il t'en faut beaucoup pour te couper l'appétit, hein, Gene?

– La faim et la tristesse sont tout à fait compatibles, espèce de pute, répliqua son père. Lucien, ajouta-t-il, va chercher un pull pour ta mère. Il ne fait pas chaud ici. »

Lucien laissa sa main courir sur la rampe longue et froide, puis il regarda la lumière de la bougie trembler sur le tapis dans la chambre de sa mère. Il prit d'abord le pull, le cardigan qu'elle portait quand elle était malade, puis il fouilla son sac pour trouver la photo de Clancy. Il la découpa avec son couteau de poche, la jeta dans les toilettes et tira la chasse d'eau. Il lut très vite quelques pages du rapport Kinsey qui se trouvait près du lit et il redescendit pour trouver ses parents enlacés qui roucoulaient. L'orchestre de Tex Benecke jouait *Maria Elena* sur le tourne-disque, le signe évident d'un changement de temps. « Je t'aime, ma salope, dit son père, tu le sais bien. » Les derniers mots furent à moitié fredonnés sur la musique du grand orchestre.

Lucien sortit, il s'assit dans le jardin de rocaille et pensa aux collines, à la tente qu'ils avaient abandonnée et au vieux monument de pierre représentant un berger regardant la vallée de Bangtail Creek. Il pensa à la voiture de location, le véhicule de la liberté qui avait presque réussi, et à son père faisant fuir les diables dans la chambre du motel. Les rires et les cris qui venaient de l'intérieur faisaient penser à une maisonnée fêtant joyeusement une sale perte. Les rires étouffés et qui sonnaient faux de son père mettaient Lucien mal à l'aise.

Tout à coup, la grosse voiture du père Moore arriva à tombeau ouvert dans l'allée. Le pasteur, ne se sachant pas observé par Lucien, sortit de la voiture l'air mécontent, frappa et entra. Le père Moore achetait toujours des cartes d'abonnement avec le père de Lucien. Autrefois, ils avaient eu beaucoup d'ennuis ensemble. Quand Lucien entra, le père Moore, en pull-over et pantalon kaki, tenait un grand verre et semblait tout à fait dans l'ambiance. La mère de Lucien avec son cardigan était légèrement penchée en avant à partir de la taille et ne semblait absolument pas savoir ce qui se passait. Les étoiles qui illuminaient la rocaille étaient tout à fait invisibles par les fenêtres de la salle de séjour brillamment éclairée.

Les parents de Lucien se soutenaient l'un l'autre. Son père était très animé et hurlait tout ce qu'il disait. On donna un petit coussin à Lucien, pour y poser l'anneau. Le père Moore – « Dicky » Moore – tenait sa bible ouverte étalée sur une main et son verre dans l'autre. Il se mit à débiter le texte de la cérémonie du mariage en s'arrêtant une fois pour remplir son verre; et, à la fin, au lieu de dire « Oui », la mère de Lucien cria « l'homme que j'aime est mort au Pérou ! » et elle se jeta sur le sol.

Le père de Lucien sortit par la porte pour ne plus jamais revenir. Lucien s'assit une nouvelle fois sur la pelouse étoilée, écoutant le père « Dicky » Moore marcher dans la végétation en murmurant nerveusement son nom.

Quand Lucien fut adulte, lorsque la pluie tournoyait dans les foins et dispersait les oiseaux, il entendait son nom dans le jardin de rocaille et il savait qu'il était libre, comme on disait alors, de disposer de lui à sa guise.

2

Pendant près de cinq ans, Lucien et sa mère vécurent dans la rue derrière la bibliothèque. Ils vivaient de la pension alimentaire, des allocations familiales et de ce que leur donnaient des parents. Lucien voyait rarement son père et avait rarement de ses nouvelles, sauf exceptionnellement, sous forme de lettres très tendres, écrites sur du papier à lettre d'hôtels.

A côté de chez eux habitait une famille avec deux garçons ; le père était directeur de Montana Power, mais c'étaient surtout des gens du Sud déplacés. Le père était allé à l'Institut militaire de Virginie et, pour ce qui est des livres, il ne possédait que la série des *Lee's Lieutenants*. Quand il buvait, cet homme poussait ses fils à être violents, ce qui faisait que Lucien recevait de leur part de nombreuses raclées. Ils aidèrent Lucien à se considérer avant tout comme quelqu'un d'une grande sensibilité, et comme un homme à femmes, pas comme ses deux voisins qui se battaient, se masturbaient et se curaient le nez. Cependant, à cette époque révolue, Lucien n'impressionnait presque personne. Vers sept heures du soir, sa mère, tout le temps saoule, l'appelait « l'idiot de première ».

Lucien commença à courir dans les collines, pas comme un garçon authentiquement solitaire mais comme quelqu'un qui est convaincu de sa propre importance. Il distribuait des journaux et avec l'argent il s'acheta un cheval et paya pour son entretien dans les Crazy Mountains. Il prenait aussi son carnet de croquis et dessinait ce qu'il pensait voir. Ses héros étaient Ernest Thompson Seton et Theodore Roosevelt. A l'image de tous les garçons de son âge, il rêvait de choses importantes et de troubles romantiques. A l'école, il était mauvais élève mais figurait parmi les meilleurs dans les tests d'aptitude, et ses professeurs parièrent sur lui : on le recommanda pour l'université de son choix. Un jour, quand il partit à l'école, sa mère le suivit et ne s'arrêta pas avant la Floride ; de là elle lui téléphonait parfois vers neuf heures du soir, heure de la côte Est, pour l'appeler son « idiot de première ». A ce moment-là, Lucien employait des concepts trop grands pour lui, et il l'accusait d'être une Jezabel. S'entendre appeler Jezabel déclencha de nouveaux changements chez la mère de Lucien ; elle commença à lui raconter qu'il l'avait bien déçue. Le changement avait l'air plus important. Par la suite, sa déception devint son thème principal. « Tu es le principal rabat-joie de ma vie, lui assura-t-elle. Dieu te fera payer de m'avoir déçue. »

Lucien payait ses études en faisant la cuisine dans une pizzeria, en travaillant comme ouvrier dans le flottage du bois et chez lui, pendant l'été, comme cow-boy, il réparait des clôtures et irriguait. C'était un bon ouvrier de ranch et un excellent cavalier.

Pendant sa première année d'université, il sortit avec deux filles de chez lui, Emily et Suzanne. Avec Emily, il tiendrait un ranch et serait peintre de sujets sportifs à la manière de Thomas Eakins. Avec Suzanne, il s'accrochait désespérément à ses excellents résultats aux examens, se plaçait parmi les pourcentages les plus élevés, ne s'étant préparé que de façon générale, et irait en Amérique latine pour l'Agence d'information des États-Unis, et distribuerait des tracts aux millions de *mestizos*. Il épousa Suzanne.

Emily aimait un étudiant en médecine à l'époque où elle sortait avec Lucien. Emily était d'une beauté extraordinaire, avec des yeux noirs qui vous transportaient, et elle fréquentait le futur médecin depuis qu'elle était au lycée. Bien qu'ils se fussent croisés des milliers de fois dans les couloirs du lycée, Emily ne savait absolument pas qui était Lucien. Pour compenser, elle coucha avec lui lors de leur première rencontre. Lucien en tomba tellement amoureux qu'il espéra qu'elle serait enceinte. Elle avait une façon tellement vague de lui demander où il avait été pendant toute sa vie, qu'il comprenait que ça ne l'intéressait pas. Il lui préparait des soufflés les soirs où le futur médecin étudiait, et elle lui faisait l'amour entre les cours ou elle lui lisait des passages des livres de hippies qui arrivaient à ce moment-là dans les écoles. Elle lui demandait de lui faire l'amour quand elle parlait à ses parents au téléphone. Lucien pensait que c'était une sorte d'expérience psychologique ; en fait, elle parlait souvent de Lucien comme d'un « volontaire ». Puis, un jour, le futur médecin faillit les surprendre ; Lucien se cacha dans l'armoire et Emily fit de grands efforts pour séduire le médecin qui fit des commentaires aimables sur son état d'excitation. Elle l'installa bien en vue de la porte entrouverte de l'armoire et rendit fou le candidat médecin basané. Quand il s'en alla, Lucien lui fit l'amour de façon frénétique; Emily le griffa et lui laissa de vilaines égratignures dans le dos. Il fit semblant d'être content de porter ces marques; mais il eut du mal à mettre sa chemise. Ne sachant plus où il en était, il alla dans la cuisine pour essayer un nouveau soufflé. « Et s'il avait su que j'étais là ? » demanda Lucien, en pensant au genre de mauvais traitement qu'il aurait pu recevoir, exactement celui des lieutenants de Lee.

« Il savait que tu étais ici, dit Emily. Il a toujours su que tu étais ici. »

Si Suzanne n'avait pas été belle cette année-là, elle aurait très bien pu paraître terne. Lucien se précipita sur elle, complètement délabré après le départ d'Emily, parce qu'elle était jolie. Suzanne était une beauté aux cheveux et aux yeux bruns qui n'avait jamais tiré profit de son apparence, et elle vivait les derniers moments de l'époque où le physique seul suffisait. Cela lui donnait le côté curieusement naturel et tranquille d'une fille de vingt et un ans harcelée par les soupirants. A cette époque, Lucien était un mélange d'élégance et de tragédie, une étrange sorte de tragédie : au premier abord pas une vraie sorte, pas cet effondrement brutal qui entraîne chaque cœur dans un tourbillon, mais celle dont l'effet grandit en ne s'éloignant jamais.

Pendant un des automnes des années soixante, Suzanne cessa de papillonner. Tout d'abord, il y eut le gymnaste olympique, puis le jeune aristocrate venu d'un ranch et qui faisait des études classiques dans une grande école de l'Est. Tout de suite après, le bel orphelin fut renvoyé ainsi que le coureur allemand. Il ne resta que Lucien, le chic type distrait et studieux qui n'arrêtait pas de parler de son ex. « Elle m'a laissé tomber, gémissait Lucien sans honte. Elle est partie avec un médecin qui avait des poils sur les mains. » La belle Suzanne le séduisit sans se plaindre, elle lui fit la cour, elle lui prépara de merveilleux repas qu'il mangeait sans les voir ; elle fit de Lucien, absent et inattentif, l'envie de tous ceux qui le voyaient avec cette fille incomparable à son bras. « Tu es très loin, disait-elle. N'est-ce pas, Lucien ?

– Ouais. »

Dans les années suivantes, la carrière de Lucien, le temps et la naissance de ses enfants allaient resserrer leur emprise sur la vie de Suzanne. Elle devint dure et habile, tout en restant belle. Lucien demeura distrait, surtout efficace dans des excès d'irritation. Il peignait des tableaux épouvantables. Plus tard, elle ne fut pas surprise quand il s'en alla. Mais il continua à s'expliquer par téléphone et par lettre. Il craqua. Sans méchanceté, elle commença à parler de lui comme d'un saint en plâtre. Pour Suzanne, comme pour tous ceux qui vivent selon des principes sains, la vie continua.

Suzanne ne mobilisa jamais autant l'attention de Lucien qu'Emily. Elle était aussi jolie bien que de façon plus radieuse. Elle considérait que le monde était équitable pour celui qui jouait le jeu honnêtement. Et chaque fois qu'elle employait sa remarque préférée : « Avec le temps, tout s'arrange », Lucien se mettait sur la défensive, car il prenait cela comme une référence à Emily.

Ils se marièrent sur le ranch du père de Suzanne, dans une grande courbe de la Shields River. Le travail de Lucien le conduisit immédiatement au Surinam où, alors qu'elle faisait une sieste sur leur confortable véranda, Suzanne fut mordue par une chauve-souris. Comme il était rare d'être mordu en plein jour, elle dut subir une douloureuse série d'injections de sérum contre la rage, dans la peau du ventre. Elle en minimisa l'importance pour que Lucien ne s'inquiète pas : elle était enceinte de James.

Cinq années d'air conditionné s'écoulèrent dans des postes perdus en Amérique centrale. Pendant un mois de septembre étouffant, ils allèrent tous les trois en vacances à Nevis, où ils passèrent une semaine dans les ruines restaurées d'une ferme d'élevage d'esclaves. Ce fut une semaine extraordinaire pour plusieurs raisons. Ils venaient d'appendre qu'Emily avait commis un crime tellement affreux que ni Lucien ni Suzanne n'en parlèrent. De toute façon, Emily, c'était le passé.

Le soir, ils écoutaient les orchestres reggae, ils parlaient avec les gens de l'endroit, qui étaient très aimables, ils apprirent à James à manger de la soupe aux fruits de mer et ils cherchaient des perles d'esclaves dans le sable de la plage. Lucien aimait beaucoup son petit garçon mais avec la distraction qui avait marqué sa propre jeunesse. Il l'emmena se promener dans les ruines des fortifications anglaises et sur le port de Charlestown, où les charpentiers indigènes calfataient les gabarres à voiles et à hauts mâts avec des marteaux sonores. Un après-midi, ils envoyèrent James se promener sur la plage avec une jeune fille de Nevis qu'ils avaient engagée, une jeune fille si noire, si cultivée et si joyeuse qu'elle redonna à Suzanne un nouvel optimisme aveugle. Lucien et Suzanne visitèrent la bibliothèque au toit cintré, les bâtiments municipaux en pierre. Ils finirent par se retrouver dans la petite chapelle qui semblait si ancienne et si anglaise que toute l'aberration de l'aventure coloniale leur apparut dans l'après-midi tropical. Lucien monta sur la dalle de pierre des tombeaux des anciens planteurs et il contempla l'autel où l'amiral Horatio Nelson s'était marié. En regardant la signature qui s'effaçait, dans son costume de flanelle fripé, Lucien fut soudain bouleversé par ce qu'il considéra comme l'absence de romanesque de sa vie. Ce fut un des moments les plus tristes et les plus misérables qu'il eût jamais connus; il en fut presque brisé.

Ils habitaient dans une maison de pierre construite par les esclaves. Le soleil avait fatigué James et il dormait dans une chambre adjacente. Dans chaque mur, il y avait une haute fenêtre à meneaux de pierre qui donnait sur l'ondulation des collines de Nevis et, au-delà, sur la mer bleue. Il y avait une moustiquaire autour du lit, tirée sur le côté, et de l'insecticide en rouleaux que l'on faisait brûler pendant les mois d'été. Une bibliothèque contenait tout un choix de romans écrits dans différentes langues. C'était une belle pièce ancienne et Suzanne savait déjà que quelque chose n'allait pas. Lucien voulait repousser toute explication; et le fait que James dormait l'incita à parler. Il dit à Suzanne qu'il ne retournerait pas au travail. Cela n'avait absolument aucun sens de faire une telle déclaration, mais il ne voyait pas comment l'éviter. Suzanne s'assit et posa les mains sur ses genoux. Elle était très grande et d'une certaine façon cela rendait sa solitude plus visible. Elle se trouvait de l'autre côté de la pièce, si grande sur sa chaise de bois.

« Pourquoi est-ce que tu ne retournes pas à ton travail ? »

Il lui répondit honnêtement. Il lui dit : « Je ne sais pas.

– Oh. Euh, fit-elle. Tu ne peux même pas essayer ?

– J'y ai réfléchi. Je veux tout recommencer. C'est aussi simple que ça. Je ne fais de bien à personne. Je vais vivre seul quelque temps. Tu comprends ?

– Non.

– Il le faut, Suzanne. Il faut que tu comprennes.

– Non, parce que tu vas retourner voir cette pouffiasse.

– Ce n'est pas ce qu'elle est.

– Tu as raison. Elle est pire. Mais je ne trouve pas les mots.

– S'il te plaît, Suzanne.

– Je pensais seulement que les putains qui traînent autour de l'ambassade t'auraient enlevé ça de la tête, dit-elle d'une petite voix.

– Suzanne.

– Je ne m'en suis jamais plainte.

– Je sais. »

Elle resta immobile pendant quelques instants, très pâle. « Ce n'était pas facile pour moi de ne pas me plaindre. Tu sais, je ne suis pas une fille très dans le vent. Tes putains m'horripilaient. Mais je considérais ça comme une forme d'assurance. Pourtant, ce n'était pas une assurance suffisante. Parce que tu vas aller retrouver la reine de toutes les putains, non? Ça m'a fait beaucoup de bien. Je suppose que j'aurais dû en profiter pour m'envoyer en l'air de mon côté, mais je n'avais pas le cœur à ça, même si tu n'as pas un seul ami qui n'ait pas essayé. Je pense que j'aurais dû me sentir stupide, seulement ça n'a pas été le cas. J'ai peur de te voir rejeter tout ce que tu as de bien.

– Tu rumines ça depuis longtemps, ma chérie.

– Tu retournes directement dans le Montana? »

Pour toute réponse, Lucien poussa un long soupir veule, comme un drogué à qui l'on demande pourquoi il se détruit.

Quand Suzanne se mit à pleurer, il la regarda fixement. Comme au-delà d'une frontière. Elle tremblait tout en pleurant, assise très droite sur sa chaise de bois; elle ne faisait pas un bruit. Elle ne veut pas réveiller James, se dit Lucien; pourquoi est-ce que je ne peux pas m'arrêter? J'ai l'âme d'un rat de laboratoire.

Lucien resta seul pendant une journée sur l'ancien élevage d'esclaves. Il était dans une sorte d'état de choc, mais il espérait que ce choc ne serait qu'une transition et non une blessure. Si je suis si mauvais, c'est aussi bien qu'ils soient débarrassés de moi et je leur ai rendu un fier service. Ensuite, il commença à retrouver le moral. Sexuellement parlant, se dit-il, est-ce que je n'ai pas été excellent? J'ai passé des milliers d'heures le cul en l'air et ruisselant de sueur. Dans presque tous les cas, ma partenaire s'est agitée et a sué avec une ardeur comparable, parfois même quand elles étaient payées pour le faire. J'ai vraiment été un bon coup. Il regarda autour de lui, partagé entre la peur, la confusion et la consternation : mon Dieu !

Ce jour-là aussi, assis sur les toilettes il rêvassait d'Emily et son pénis se redressa à moitié entre la porcelaine et le rabat du siège et il avait déjà uriné jusqu'à la moitié de la pièce avant d'avoir pu resserrer son sphincter. C'est un monstre, se dit-il, je le sais très bien. Pauvre vieille Queue, l'appela-t-il. Ma pauvre vieille Queue et moi nous rentrons à la maison. Lucien fonçait à l'aveuglette. Il avait voulu revenir dans le pays qu'il aimait. Il voulait peindre, même s'il n'en attendait pas grand-chose; il voulait simplement noter un certain nombre de choses, comme les Indiens qui avaient dessiné les élans ocre rouge sur les parois des anciennes grottes des clochards en dehors de la ville. Il avait l'impression que sa vie avait fait de lui un fonctionnaire. Il se sentait perdu, et il savait avec une sincérité absolue qu'Emily n'était absolument pas une pouffiasse.

Tout en attendant son avion, il lut la seule chose qu'il put trouver, un vieux numéro d'une revue de jardinage, un numéro d'octobre. Peut-être à cause de son humeur, il découvrit que rien ne ressemble plus à l'automne qu'un mauvais écrivain qui parle de pommes. Il y avait aussi un article sur les oies sauvages qui s'accouplent pour la vie et il eut envie d'aller à la chasse et de tirer jusqu'à ce que les canons de son fusil soient brûlants.

Les choses commencèrent à prendre un aspect définitif quand l'avion vola vers le nord. En dessous, il n'y avait que l'océan, et le soleil se coucha peu après. Quand on part à la guerre, se dit-il, ça doit faire la même impression. On est appelé et on doit servir. Non, ça n'était pas du tout ça. En fait, il avait très envie de ressentir le caractère fatal de son acte. Quand il avait serré son fils dans ses bras, il était évident qu'avec un peu plus d'effusion l'enfant se serait mis en travers de tout ça. Aussi, leur séparation eut-elle lieu sans effusion, elle fut aussi nette que l'embranchement d'une route. Ils étaient entraînés sur des parties différentes de l'échiquier.

De toute façon, le processus de la souillure avait commencé; il n'aurait pas su comment nommer ça au fur et à mesure que ça descendait en lui, pas plus qu'il n'aurait été capable d'évaluer les turbulences et les dégâts qui s'annonçaient; mais c'était certainement de la honte.

3

Plus tard, quand il y repenserait, il croirait que c'était très tôt le matin. Cela faisait un bon bout de temps mais il faudrait que ce soit avant le petit déjeuner. Il se souvenait qu'il pourrait sentir la litière d'un chat que quelqu'un nettoyait chez l'employé du ranch et il y avait un sac de chips vide, un sac grand modèle, qui battait au vent dans la sauge qui poussait devant la porte. Vers la maison, un chat couché sur la roue de la machine à épandre le fumier guettait les souris dans l'ombre. Il y avait un arroseur qui tournait, posé sur un tabouret jaune dans le jardin; il supposa qu'il avait marché pendant toute la nuit. Lucien avait mis près d'un mois pour venir du tribunal du comté jusqu'ici, à une heure de voiture. L'apparition inattendue de Lucien au procès d'Emily avait été le moment le plus long et le plus intime qu'ils avaient passé ensemble depuis des années.

Lucien referma la portière de la voiture. Il y avait des saules le long du jardin, des oiseaux ne cessaient d'en jaillir pour se poser dans les framboisiers. De nombreux signes montraient qu'elle entretenait la propriété. Il avait mis tout ce qu'il avait pu emprunter dans le paiement de sa caution; aussi ces petites indications sédentaires étaient-elles importantes. Pourtant, il en faudrait plus pour être sûr qu'elle soit là le jour du procès.

La vague de chaleur était arrivée du jour au lendemain au tout début de l'automne; les Crazy Mountains étaient sorties du miroitement de la lumière et se détachaient clairement au-dessus des collines. Lucien resterait là jusqu'au procès, à la fin de l'automne. Il avait tout un équipement de pêche et de chasse : une canne à pêche, un fusil, une carabine et une petite chienne pointer couchée en rond dans la voiture, parfaitement dressée à rester silencieuse pour les hôtels des hautes plaines qu'il avait fréquentés. De tels établissements refusent les chiens mal élevés et qui aboient, certains d'entre eux en tout cas. Pour ceux-là, Lucien avait dressé la chienne, Sadie, en lui apprenant à voyager en silence sur de petites distances, au fond de son sac militaire. Sa récompense c'était de danser en silence derrière la porte fermée à double tour de la chambre, pour avoir des petits gâteaux riches en protéines achetés chez l'épicier. Il la regardait sauter par-dessus la télévision et les meubles bon marché pour intercepter en vol des petites saucisses et cela préparait toujours Lucien pour les longues nuits de sommeil dont il avait besoin pour parcourir les plaines pendant la journée. Cela le consolait au fur et à mesure que sa solitude augmentait.

Lucien se rendit compte que l'employé le regardait. Il devait avoir été tout le temps dans les parages, tandis qu'il longeait le poulailler de rondins avec sur ses talons un colley silencieux. C'était un homme grand, dans la trentaine, avec une moustache en pointe et des bottes au talon très bas et au bout relevé. Comme on disait ici, il avait tout à fait l'allure « cow-boy ». Il était évident qu'il ne parlerait pas. Aussi Lucien lui dit-il qui il était venu voir, et il lui dit pourquoi. Et Lucien ajouta qu'il avait payé la caution d'Emily. L'homme montra la maison.

Lucien ne devait pas se sentir à l'aise parce qu'au lieu d'aller directement à la maison, il commença par entasser ses affaires à côté de la voiture, comme s'il voulait les transporter à l'intérieur en plusieurs fois. Ensuite, il mit un pied devant l'autre et traversa d'un pas pesant la véranda en bois, heureux que le soleil bas du matin ne permette pas de voir à travers les fenêtres et il frappa. Personne ne vint, mais Sadie sortit de la voiture et se mit à courir sur la véranda comme s'il s'était agi du hall d'entrée d'un hôtel incroyable où tout était permis.

Il décida de regarder par une fenêtre. Il posa le doigt sur la vitre de chaque côté de son visage. Finalement, ce n'est pas qu'il fut capable de voir dans l'obscurité, mais il eut la sensation des yeux d'Emily fondus quelque part à l'intérieur de la maison. Il leva une main pour lui faire un signe et les yeux se détournèrent. Il savait qu'elle allait à la porte. Quand la porte s'ouvrit, elle dit « Mon ancien béguin » de cette voix grave d'où le rire n'était jamais absent même, apparemment, dans cette période difficile. A ce moment-là, Lucien fut à nouveau son soupirant comme il l'avait été jadis, sans doute de façon aussi impossible maintenant qu'autrefois, mais toujours aussi accroché.

Sa beauté brune s'était peut-être améliorée, en particulier pour quelqu'un comme Lucien qui, parmi tous les traits du visage d'une femme, aimait surtout les pattes d'oie au coin de l'œil. Elle portait un pantalon de peintre et une chemise à carreaux qui en ressortait, et elle était pieds nus : elle venait de se lever. Et en quoi Lucien avait-il changé ? Il pensait qu'il s'était desséché de façon irrémédiable. Il devenait dingue après le troisième verre et, dans les endroits publics, il avait pris l'habitude de se faire une marque sur la main à chaque verre ; il ne sortait jamais sans stylo bille. Sa passion du sport n'était plus le signe de l'optimisme de la jeunesse mais celui de la mauvaise humeur de l'âge mûr qui approchait. Dans les documentaires sur la nature qui passaient à la télévision, il s'identifiait au mâle solitaire et expérimenté, que ce soit un babouin ou un pingouin ; et cette façon stupide de réagir marquait bien le décalage avec la réalité qui avait empoisonné toute son existence.

Ce qui avait le plus changé chez Emily c'est qu'elle était maintenant accusée de meurtre. Quand elle ouvrit la porte à Lucien, il eut l'extraordinaire impression qu'elle concentrait son regard sur son arrivée mais que ses pensées étaient entièrement ailleurs. Puis elle baissa les yeux sur la chienne qui recula pour chercher un endroit où s'asseoir : rien ne parut lui convenir et elle resta debout, un peu de travers, à côté des bagages. Ils se composaient de deux sacs de cuir marron qui avaient fait partie d'un ensemble de bagages élégants. Quand il avait travaillé à l'étranger, Lucien avait ressenti que les bagages identifiaient mieux le voyageur que son propre corps.

« Je suis seule ici, dit Emily comme pour formuler ses exigences. Il y a l'employé. Il est très gentil et je ne le traite pas comme un domestique. En plus, il connaît ses limites. Mais le sentiment que je vis seule est quelque chose dont j'ai absolument besoin actuellement. » Elle regardait Lucien droit dans les yeux et il commença à se sentir mal à l'aise. Personne ne l'avait affronté depuis trop longtemps.

« Tu es sûre que ça ira si je reste?

– Sinon, je ne te l'aurais pas proposé. En plus, je te dois quelque chose.

– Absolument pas, je...

– Bien sûr que je te dois quelque chose. Ne commençons pas avec des enfantillages. »

Emily montra à Lucien sa chambre au premier, et avec une maladresse commune, ils y transportèrent ses affaires. Elle le mit au courant pour les repas, l'eau et les serviettes, et elle le laissa. Avant d'aller à la fenêtre, Lucien rangea ses vêtements dans la commode, il posa son nécessaire de toilette dessus et se frotta les yeux avec le gras des mains. Puis il alla jusqu'à la fenêtre où la sensation de la montagne froide était dans la lumière.

Lucien voyait le sentier et le portail que l'employé avait emprunté pour venir jusqu'ici. Il y avait un pâturage en terrasse nettement délimité que traversait un ruisseau lumineux dans l'herbe. Au-delà, il y avait les Crazy Mountains.

Emily marchait en bas. Lucien essaya de suivre ses déplacements tout en tentant d'imaginer comment la chaîne de montagnes, étrangement éthérée, était attachée au sol. Les sommets enneigés et le rocher qui reflétait la lumière reliaient autant la montagne au ciel qu'à la terre. De toute façon, il ne pouvait pas voir comment c'était, et il installa son chevalet sans grand espoir, en entendant toujours le bruit des pas d'Emily. A un certain âge, voir quelque chose est bien suffisant; forcer les mystères peut devenir lassant. Pourtant, il lui semblait que passer son temps à peindre était important.

Les yeux de Lucien s'ouvriraient sans doute aux collines pierreuses, aux étendues de sauge qui étincelaient le matin, aux milliers de ciels d'un automne dans les Crazies, quand il aurait appris pourquoi elle avait tué son mari. Lucien savait qu'il ne devait pas se contenter de voir qu'elle était à nouveau seule.

Il descendit dans le jardin. Il était bien entretenu, avec du maïs dégingandé et sans espoir, et les larges feuilles des courgettes qui faisaient un effort extraordinaire pour produire quelques enfants misérables. On était trop au nord.

Lucien ne vit personne dans la cour, et il n'y avait personne non plus sur la véranda au rez-de-chaussée de la maison. Il pouvait monter sa chienne dans sa chambre sans utiliser la technique de la valise comme dans les hôtels. Elle se coucha en rond sous le lit et elle aplatit ses babines douces sur ses pattes croisées. Elle comprenait immédiatement la manœuvre. Lucien sut qu'en cas de nécessité, elle pouvait même faire le coup du bossu sous son manteau.

Lucien remonta juste à temps, parce qu'Emily l'appela à nouveau du bas de l'escalier. Quand il descendit en courant, elle dit : « Viens dehors. » Lucien sortit. Un cheval était attaché au gros peuplier. « C'est pour toi. Il s'appelle Bai et il a besoin d'être ferré. » Des nuages qui passaient obscurcirent la cour, et Lucien vit les vieux bâtiments pour la première fois.

« La sellerie occupe la moitié du poulailler. Prends la selle de mon mari.

– Je ne vais pas essayer de peindre aujourd'hui, dit Lucien.

– Personne n'attend que tu le fasses! » Un rire cruel et joyeux suivit sa remarque, qui méritait réflexion.

Aussitôt, Lucien commença à voir la surface du sol et les bâtiments du ranch. Puis les Crazies semblèrent s'enflammer devant le ciel obscur, comme sous l'effet de sa propre imagination. Mais ça ne suffisait absolument pas. Il ne s'était passé qu'un mois depuis qu'il avait quitté Suzanne et James. Il était toujours au point mort. Il voulait vraiment peindre parce que depuis l'enfance il avait associé cela à la paix et à la plénitude. Dans les Crazies, la terre jaillissait de toutes les façons possibles et l'on ne voyait pas beaucoup d'eau. Et des rochers. Lucien avait des problèmes avec ça; mais Emily avait besoin de lui. Il était de la plus haute importance de préserver ce sens d'une mission à accomplir.

Quand il était gosse, Lucien aimait ferrer ses chevaux et il pouvait le faire pendant toute la journée. Simplement il avait désormais beaucoup d'ordre, le cheval finit par se tenir sur ses quatre pattes et Lucien n'avala pas les clous. Les sabots de Bai étaient de la même couleur que le fond du ravin que Lucien voyait de sa chambre et il y avait des cannelures transversales sous la couronne qui ressemblaient aux rigoles que l'on voit juste sous la ligne de la neige dans les montagnes. Il était bien éclairé pour ferrer et à l'abri du vent. Il n'y avait pas de mouches.

Lucien sella Bai et le laissa ainsi parce qu'il

était serré et qu'il faisait le gros dos. Puis il l'enfourcha et le lança sur la route; il ramassa le journal et remonta jusqu'au bord du ruisseau, il s'avança dans l'eau en trébuchant sur les rochers glissants, il s'approcha des trous où une truite gobait des sauterelles maladroites. C'était un vieux coup publicitaire des ranches pour touristes : pêcher à la mouche à cheval afin d'attraper les truites de montagne faciles à tromper, un truc qui n'avait pas perdu sa saveur pour Lucien; et il décida d'apporter un peu de matériel la prochaine fois. Mais il pouvait regarder au-delà des hautes herbes qui poussaient sur les berges de la rivière et commencer à perdre son sens de l'ironie.

Le télescope était sur la table de la cuisine, bien installé sur son trépied. C'était le matin très tôt, Emily et Lucien avaient la tête côte à côte pour regarder chacun leur tour les chèvres sauvages qui traversaient la corniche de granit dans le mystère tremblant du grossissement. Il y en avait cinq et elles se déplaçaient par petits mouvements prudents en mangeant des lichens et des mousses qu'elles seules pouvaient voir. Elles étaient du blanc le plus pur et le plus riche, qu'elles avaient tiré des montagnes environnantes, plus absolu qu'une once d'or dans un demi-million de tonnes de gravier. Un des mâles s'arrêta et regarda vers l'objectif profond et vitreux, ses cornes étaient fines et noires comme des épines.

« Tu veux que je te rapporte quelque chose de la ville?

– Non, mais pourquoi est-ce que tu veux y aller? demanda-t-il.

– Je ne me sens pas gênée si c'est ce que tu veux dire. »

Elle prit la camionnette et quand il fut sûr qu'elle avait descendu la route, Lucien se précipita dans sa chambre pour faire un petit inventaire. Coincé dans le rebord du miroir de toilette, il y avait une photo d'Eric, son mari. Il portait sa blouse et son bonnet de chirurgien et souriait avec un air de triomphe, aveuglé par les ampoules de flash. Lucien l'imagina dénouant les cordons du bonnet et rejetant en avant ses boucles théâtrales.

Il est mort. Bientôt, elle m'aimera à nouveau.

« Prenez votre imper et aidez-moi à rassembler quelques bouvillons », dit l'employé. Lucien prit des éperons accrochés derrière la porte, un imper jaune et un pull-over. Il emporta une petite bouteille de whisky, un carnet de croquis de mauvaise qualité, des lunettes de soleil et du beurre de cacahuète. Il n'emmena pas Sadie parce qu'il ne voulait pas qu'elle chasse s'il ne pouvait pas tirer, et il ne voulait pas non plus qu'une vache lui donne un coup de sabot.

L'employé s'appelait W.T. Austinberry. Il connaissait son métier. Ils allèrent ainsi au pas de leurs chevaux pendant quelques kilomètres sans parler. Lucien se rappelait avec plaisir le travail au ranch pendant ses années d'école. Malgré le ciel bleu, Lucien s'attendait à un orage parce qu'il entendait les gouttes de pluie s'écraser sur son chapeau. Lucien parla de la pluie à W.T. Austinberry qui le prit pour un cinglé. Ils continuèrent d'avancer et Lucien écouta ces lourdes gouttes qui annonçaient une averse, alors que le soleil tapait toujours. Ce n'est que quand il enleva son chapeau de paille qu'il se rendit compte que quelques sauterelles y avaient été enfermées.

Les deux hommes gravirent la première terrasse. De là, ils voyaient clairement l'étendue du ranch, ainsi que toute la montée depuis le fond cultivé de la vallée jusqu'aux rochers impériaux des Crazies. Tout était relié par des contreforts glaciaires et des triangles de terre couverts de forêts qui grimpaient jusqu'à ce que le rocher ou l'altitude découragent la végétation. Au printemps, les cols élevés et plantés d'arbres exhalaient d'énormes nuages de pollen comme de la fumée montant d'incendies invisibles, ce qu'ils étaient en un sens. Ces spectacles semblaient donner une direction à la vie de Lucien.

W.T. Austinberry trottait à côté de lui, en tenant un coude écarté comme les vieux qu'on voyait quand Lucien était enfant. Il avait des roulettes à ses éperons qui sonnaient joyeusement quand il marchait. Comme Lucien aimait ce vague souvenir d'autrefois! Ou mieux encore, la frontière qui passait dans ces ravins où les esprits des Indiens étaient aussi fumeux et parfumés que les effluves de pollen de la forêt!

Ils continuèrent et traversèrent un ruisseau dans lequel W.T. Austinberry dit qu'il avait déversé du Clorox afin de tuer un couple de truites d'une centaine de livres pour son congélateur.

« Comment était le mari d'Emily? demanda timidement Lucien.

– Il était médecin.

– Je sais qu'il était médecin. Je veux dire, c'était quel genre de type?

– En quoi ça vous regarde? » demanda W.T. Austinberry.

Ils continuèrent quelque temps au pas de leurs chevaux.

« Je pense que ça me regarde, sinon je n'aurais pas posé cette question. » W.T. Austinberry s'arrêta et le fixa comme un hibou. Lucien continua à remonter la piste. « Le mari, W.T., à quoi ressemblait le mari ? » Lucien l'entendit repartir et se mettre derrière lui.

« Il l'a bien cherché », dit W.T. Austinberry. Il coupa devant Lucien et cassa une brindille pour se curer les dents.

« Est-ce qu'un jury comprendrait ça ?

– Pas forcément. »

Le premier troupeau de bouvillons sauta de la piste dans un ravin et s'enfuit dans les broussailles comme du gibier. Lucien lança son cheval à leur poursuite, imposant un train suicidaire à W.T. Austinberry qui fut obligé de le suivre dans des nuages de pies irritées, de branches cassées et de feuilles qui volaient, jusqu'à ce qu'ils aient coincé le bétail contre une paroi rocheuse remplie de roitelets, puis ils repartirent à l'allure du petit troupeau. Bai était un bon cheval qui bondissait au moindre contact des éperons. Il dressait les oreilles en direction des bêtes qui s'attardaient et les réunissait en allant leur mordre furtivement la croupe. Lucien était heureux de sentir l'expérience du cheval.

Ils se trouvaient dans des bois marécageux où jaillissaient des sources qui tachaient les rochers et faisaient pousser des fougères, puis des broussailles et des arbres. Ils y trouvèrent quelques bêtes. Elles se tenaient immobiles, les pattes recouvertes de boue venant de la source et elles les regardèrent s'approcher avec le petit troupeau qu'ils avaient déjà rassemblé. Les vaches avaient la gueule pleine d'herbe mais ne mâchaient pas.

W.T. et Lucien crièrent pour les repousser sur la terre sèche, ils les ajoutèrent au troupeau et poursuivirent leur chemin. Lucien ressentait la distance qui le séparait de la maison d'Emily, la hauteur des montagnes et la violente lumière d'automne qui tombait sur eux et sur leurs chevaux.

Le dernier groupe de bêtes s'avança au sommet d'un éboulis de rochers d'au moins mille mètres, d'innombrables blocs de schiste dont la coulée semblait s'être arrêtée à l'instant, alors qu'elle n'avait peut-être pas bougé depuis cent ans. Les bêtes semblaient les défier de venir jusqu'à elles.

« On devrait peut-être continuer à chercher, dit W.T. Austinberry. Il ne nous en manque que six. » Lucien soupçonna W.T. de ne pas avoir de cran ; aussi il lança Bai qui trébucha sur le versant dangereux et il ramena vite les bêtes dans le groupe. D'une certaine façon, il témoignait déjà pour Emily.

Bai était fatigué sur le chemin du retour. Il avançait la tête basse, et ils descendirent dans les sources chaudes qui retenaient des buses à queue rousse comme des cerfs-volants au bout d'une corde tendue. Bai lançait ses gros antérieurs en quarts de cercles paresseux et glissait légèrement des postérieurs tandis qu'ils avançaient dans l'air changeant et Lucien contemplait avec stupéfaction les dos semblables des bêtes. Les plus vieilles ouvraient la voie comme des bœufs attelés aux chariots des immigrants. W.T. Austinberry ramenait les bêtes qui s'écartaient du troupeau, mais maintenant le terrain était facile et il devait savoir que Lucien le prenait pour un imbécile.

Emily entra les bras chargés de sacs d'épicerie, radieuse comme une jeune mariée. Lucien avait du fumier jusqu'aux mollets parce que sur les dernières centaines de mètres il avait conduit les bouvillons dans un passage qui longeait les enclos. En vidant les sacs dans cette vieille cuisine, les boîtes et les bouteilles aux couleurs vives lui semblèrent à la fois sauvages et modernes et, d'une certaine façon, extraordinaires. La ménagère qui se trouvait sur la boîte de lessive aurait eu l'air d'une prostituée à l'époque où on avait construit la cuisine. La joie d'Emily devant ces provisions lui donnait un air intrépide; son inculpation semblait concerner quelqu'un d'autre qu'ils connaissaient.

« Et maintenant, si tu voulais bien... », elle lui montra la table, en étalant dessus des contrats qu'elle sortit d'une grande enveloppe. Elle les avait déjà signés et il y avait une ligne de pointillés pour Lucien. Il les parcourut rapidement et pigea : Lucien devenait propriétaire du ranch si elle se dérobait à la justice.

« Je ne sais pas pourquoi, dit Lucien, mais je n'aime pas la sensation que ça me donne.

– La sensation que ça te donne n'est absolument pas ce qui compte. Tu as dû emprunter cet argent.

– Qu'est-ce qui compte, Emily?

– Un arrangement juste entre adultes.

– Je ne veux pas d'arrangement juste entre adultes, dit Lucien. Je veux un geste sincère. » Il pianota sur la table du bout des doigts sans la toucher avec les ongles.

« Tu n'en obtiendras pas de ma part, dit-elle. Tu auras un arrangement.

– Où est-ce que je signe ? » demanda Lucien découragé. Il perdait son indépendance à pas de géant. Une fois, à l'université, son caramade de chambre avait posé une photo de sa petite amie sur la commode, et Lucien avait mis fièrement une photo encadrée de sa propre main. Mais maintenant, il avait l'impression désagréable de s'éloigner de ses meilleurs instincts. D'une certaine façon, il n'aimait pas ça. Ce qu'il y avait de mieux chez Lucien détruisait sa vie. Il signa les papiers et brusquement la distance entre lui et sa femme s'agrandit. Il semblait ne jamais être maître de lui-même, sauf quand il était en colère.

« Comme ça, dit-elle, je me sens mieux. » Elle avait son sourire en coin, et son regard lointain qui n'était ni romantique ni vague mais préoccupé. Son sourire brilla, ses yeux se fixèrent sur Lucien avec un éclat sexuel.

« Tu as toujours ton ancienne passion pour moi, hein ? demanda-t-elle avec un peu d'orgueil.

– Oui.

– C'est formidable pour toi, dit-elle. Avoir une passion dans la vie. Un vieux béguin. Un vieux béguin qui ne meurt jamais, c'est comme ces saletés de grosses godasses anglaises que les riches portaient autrefois. L'illusion d'une vie éternelle. C'est ce qu'elles donnent comme illusion. On achète une paire de ces beautés quand on sort de pension et quarante ans après on vous conduit au cimetière avec les mêmes pompes marron aux œillets brillants. C'est à peu près ce que me fait le coup de la vieille passion.

– Est-ce que tu peux me tailler une pipe ?

– C'est de la poésie pure, Lucien... J'ai rencontré un couple au restaurant d'Alabama Jack en

Floride, qui m'a dit t'avoir rencontré en Amérique du Sud. Ils m'ont dit que tu avais une femme merveilleuse, une très belle fille, mais tu n'étais pas attentif et tu avais l'air de vouloir rejoindre le programme spatial.

– J'ai rejoint l'Agence d'information des États-Unis. Est-ce que ça ne leur suffisait pas?

– Apparemment non. Ils étaient tout à fait sérieux. »

Lucien gratta de l'ongle le cadran de sa montre. « Écoute, dit-il, est-ce que c'est aussi terrible que ça d'avoir toujours ces sentiments à ton égard? Tout le monde n'a pas une image aussi heureuse de son passé.

– C'est moi la première fille avec qui tu as couché? demanda-t-elle avec une joie épouvantable.

– Presque.

– Presque! » Elle était stupéfaite. « Je t'ai raté de combien?

– Il y a eu une fille Assiniboine vraiment gentille à Plentywood quand je faisais partie de l'équipe de base-ball.

– On dirait que tu as toute une collection de souvenirs très agréables », dit Emily avec une indignation qu'elle ne cherchait pas à dissimuler.

Lucien leva un doigt prudent. « Rappelle-toi, tu couchais avec le médecin, ma petite.

– Ce type, dit Emily. Ne t'inquiète pas pour ce salaud. Je l'ai descendu. »

4

La chouette nyctale, un prédateur occasionnel dans la vallée, passa rapidement sous les yeux de Lucien et attrapa quelque chose derrière l'entrepôt à grain. Il y eut un petit cri qui n'était pas celui de la chouette. Lucien marchait et tirait sur une pipe en forme d'épi de maïs, taillée dans l'écume de mer du Missouri, qu'il avait achetée au cours d'un voyage avec sa tante. Il avait été absent de la région pendant des années, au cours desquelles l'anglais avait été sa seconde langue. Il avait une attitude inflexible par rapport à l'information, mais ce qui passait pour de la force de caractère n'était peut-être qu'un rythme cardiaque très lent.

Jouant de sa pipe, Lucien imagina qu'il était vieux et seul sur le ranch. Devant la maison de bois, un canard domestique nageait tout seul sur le bassin à l'eau verte. A l'intérieur, un vieil homme (le Lucien futur) se refroidissait, il sentait la chaleur de l'ampoule électrique sur ses mains quand il tournait les pages de son livre.

Lucien commença à s'inquiéter.

Cette nuit-là, l'employé l'avait fait venir chez lui pour manger une glace et jouer aux dames.

Lucien le connaissait à peine et pourtant il jouait comme si sa vie en dépendait. Lucien savait que W.T. prenait sa frénésie pour le grincement d'une âme dure et impitoyable, mais il continuait à jouer.

Lucien se leva deux fois pour regarder les lumières de la maison principale. La troisième fois, W.T. dit : « Prends-moi, va à dame. »

Lucien s'assit et appuya trois doigts sur le damier sans savoir s'il avait envie de continuer à jouer. Brusquement il eut peur de quelque chose. Peut-être était-il seulement fatigué.

« On arrête de jouer.

– Pas avant la fin de la partie », dit W.T.

Lucien gigota, appuyé sur ses coudes. « Je ne peux plus jouer. »

Il était saoul.

« T'as une sacrée envie d'aller dans la grande maison.

– Ne commence pas avec ça. »

W.T. rejeta la tête en arrière. « Mon Dieu! hurla-t-il. Le monde est vraiment sans intérêt. »

Ils se battirent violemment mais brièvement, le visage ensanglanté sur le sol, puis ils remplirent leurs verres et reprirent leur partie. Il y avait des pions sur tout le damier.

« Tu étais avec le FBI? demanda W.T.

– Non, la USIA.

– Hum. Je croyais qu'elle avait dit le FBI. Elle pensait que t'étais un agent fédéral.

– Dame, dame, dame! Lucien éparpilla les pions sur le damier. J'ai gagné, tu as perdu... à parler comme ça de ma petite amie, tu...

– C'était quand la dernière fois que tu es sorti avec Emily?

– Qu'est-ce que ça peut te faire?
– Allez, dis-le-moi.
– Ça fait des années et des années.
– Elle a changé depuis ce temps-là, fiston. »
W.T. eut un rire de gorge.
« Comment?
– Elle tire beaucoup mieux », dit W.T. avec un large sourire de cow-boy. Puis il se plongea dans une méditation d'ivrogne. « A cette époque-là, j'essayais de faire valoir mes droits sur une option que j'avais sur Kid Royal. On s'apprêtait à décharger à Deadrock. L'homme de confiance était devant avec moi, la radio marchait, quand j'ai jeté un pneu rechapé sur la balance. J'étais avec Boyd, il jure et jette de vieilles batteries foutues hors de sa bagnole, il les jette dans le camion en disant qu'il faut qu'il vienne avec moi pour ramener les bêtes sur le terrain sec. Ça devait être le dernier grand ramassage de bouvillons. Et il s'est trouvé qu'on avait un pneu de rechange trop petit. Alors j'ai su que ma chance était passée. Je savais que les bouvillons allaient nous rapporter presque rien. Putain, c'était un sale coup. A cette époque-là, j'avais une fille qui s'appelait Shawna, elle portait une bague sensible presque toujours noire. Elle préparait la cuisine au marquage des bêtes et faisait de l'œil aux gars. Elle était con. Elle adorait les romans photos, elle se servait de son tube de pommade Rosa comme d'une cigarette et elle était à peu près aussi bête. Elle habitait dans un camp de caravanes, à Parade Rest, et ce n'était qu'une étable d'insémination, elle était aussi bête que son cul. Mais juste à ce moment-là, j'ai rencontré la vieille Emily. Elle est venue à la vente et a acheté un lot de bouvillons. Elle m'a donné ma

chance et depuis je me suis plus retourné. Elle m'aimait bien.

– Je peux pas te dire ce que ça me fait, ton histoire.

– Je la suivrais en enfer.

– C'est sa spécialité, faut dire. »

Lucien remplit les verres tandis que W.T. continuait à parler. « Faut les rendre heureuses, les femmes. Tu les baises, tu les emmènes faire un petit voyage, ça leur met le sourire aux lèvres. Ce qu'elles aiment c'est dépenser, dépenser, dépenser. Alors ce que je dis toujours c'est : laisse-les faire. » Le thermostat du radiateur s'alluma et obligea W.T. Austinberry à se lever et à traverser une bonne partie de la pièce.

Il s'étala par terre et ne bougea presque plus. Puis le silence tomba. « Le whisky garanti pur c'est la télécouleur du cow-boy », dit W.T.

Lucien eut du mal à revenir à sa chambre. Il remercia W.T. Austinberry pour la bonne soirée, puis il traversa la cour en passant d'arbre en arbre, comme dans un ouragan, jusqu'à ce qu'il ait atteint la maison principale. Il fit de son mieux pour monter les marches, et Sadie se mit à aboyer contre lui avec des jappements aigus. Il la tint plaquée au sol suffisamment longtemps pour qu'elle le reconnaisse, puis il se mit au lit avec elle.

« *Lucien, qu'est-ce qui se passe?* »

Lucien resta figé sur place en serrant son chien. Il entendit Emily qui montait l'escalier. Puis elle apparut, en masquant l'ampoule qui dessina un cercle de lumière électrique autour d'elle. Elle scintillait d'une beauté vengeresse.

« Qu'est-ce que tu faisais?

– J'ai bien peur qu'on se soit vraiment saoulés, dit Lucien.

– Toi et W.T...
– Oui.
– Qu'est-ce qu'il t'a dit?
– A propos de quoi?
– A propos de tout.
– Eh bien, je ne sais pas, répondit Lucien. On a joué aux dames.
– Allons faire un tour.
– Allons faire un tour!
– Oui, dit-elle. Au clair de lune.
– D'accord», dit Lucien et il sortit de son lit tout habillé. Sadie se précipita vers la porte, montrant qu'elle était prête à aller chasser.

« Pourquoi est-ce que tu ne laisses pas le chien... »

Lucien réfléchit puis il attacha Sadie au pied d'un des fauteuils à moitié effondrés et prit un manteau. Emily avait enfilé un jean sous sa chemise de nuit. Elle attacha les pans de sa chemise et, en bas, elle mit par-dessus un pull-over très large. Ils se dirigèrent dans la nuit comme des paquets de linge.

Lucien ne se sentait pas très bien. Tandis qu'ils marchaient dans l'obscurité, des choses se dressaient vers lui puis passaient. A un moment, Lucien leva le bras pour enlacer la taille d'Emily, mais il rata son coup sans qu'elle s'en aperçoive; son bras retomba simplement dans le vide et se replaça à son côté.

Lucien fit un sifflet avec une feuille de saule et il souffla les deux mêmes notes sans s'arrêter jusqu'à ce qu'Emily lui retira la feuille. Elle le conduisit jusque sur une corniche au-dessus d'un ravin et, à coups de pied, elle réduisit en poussière une fourmilière abandonnée. Quand Lucien passa devant un gros peuplier, son ombre jaillit sur le tronc, l'effraya, puis disparut.

Dans un creux entre deux petites collines il y avait le trou bleu. Lucien l'avait déjà vu. C'était une petite source fumante, dont l'eau chaude se déversait sur une plaque de rocher avant de s'écouler dans les bois en contrebas. On pouvait voir les étoiles au-dessus et les lumières de la ville en dessous. Lucien tendit la main pour toucher l'eau, pour voir où était la surface. Et la seule marque du courant qui apparut et brilla dans la lumière lui indiqua que son doigt était arrivé à la surface ; au fond, il y avait des pierres aux formes arrondies, profondes et lointaines.

Lucien entendit le plongeon d'Emily, puis il la vit qui émergeait à travers le rideau de bulles, en vacillant comme une flamme inversée. Lucien posa ses vêtements sur la berge et se laissa glisser dans l'eau en réfléchissant. Maintenant c'est avant que je sois né. Ils brassèrent l'eau pour rester sur place dans les bras l'un de l'autre. Emily prit Lucien et le fit pénétrer en elle. Elle le tenait de chaque côté de la tête avec la paume de ses mains ouvertes tandis qu'ils faisaient l'amour de façon bizarre, sans rien à quoi se tenir. Lucien sortit d'elle juste avant la fin et un jet de sperme monta en spirale vers la surface où il flotta. Emily l'entraîna du bout des doigts et sourit à Lucien.

« Ça faisait longtemps », dit Lucien. Il se sentit basculer dans le passé.

Emily enfonça ses ongles dans les bras de Lucien. « Qu'est-ce que t'a dit exactement ce salaud ? » demanda-t-elle.

5

Emily ne possédait plus tout à fait l'usage de ses mains à la suite d'un accident qu'elle avait eu quelques années plus tôt et dans lequel son mari était impliqué. Emily était une bonne pianiste et il y avait eu cet accident. Même au lycée on la considérait déjà comme quelqu'un de très doué ; et au-delà d'un simple lycée du Montana. Tous s'attendaient à entendre parler de son talent, puis il y avait eu la nouvelle de ses mains abîmées. Lucien avait l'habitude d'aller chez elle et elle jouait. En amoureux, il restait sous son charme lumineux et cela se termina, comme souvent, par l'arrivée du futur mari d'Emily, le médecin. Il était robuste, intimidant, athlétique. A l'époque il devait avoir vingt et un ans environ, mais Lucien avait l'impression que c'était un vieillard extravagant, un millionnaire ou un joueur de la Green Bay Packer. Lucien était inquiet pendant le petit moment où il le côtoya, et il traînait les pieds dans le hall d'entrée de la maison d'Emily. Bientôt, tout le monde fut au courant de leur histoire. Après ça, c'est-à-dire au cours des années, les rares nouvelles ne furent pas bonnes. Son mari était chirurgien, il buvait beaucoup, il chassait le gros gibier, il était riche. Et, autant que Lucien pouvait le savoir, d'après les rumeurs et les potins qui arrivaient jusqu'à lui, il était dur avec Emily. Un jour particulièrement chaud, elle lui fit sauter la cervelle à bout portant et elle alla se livrer au shérif de Deadrock.

Ce ranch avait été considéré comme une sorte de retraite pour ce couple sans enfants. Puisque c'était sa région à elle – lui était de Detroit –, Lucien pensa que cela signifiait une petite capitulation de sa part. Elle arrivait un peu plus tôt chaque été, mais il ne restait jamais après la saison des antilopes. Lucien l'avait observé quelquefois à l'aéroport de Bozeman, debout près de ses bagages, en veste de chasse, discutant avec les bagagistes à propos de ses fusils. Lucien n'avait jamais vu Emily.

Mais pendant un petit moment, il y avait très longtemps, Lucien et Emily allèrent dans le soleil couchant, elle en compositeur, lui en peintre, rendant le monde plus beau. Quelques années plus tard, il distribuait des prospectus aux Latino-Américains pour le gouvernement des États-Unis et elle se faisait tabasser par son amoureux de l'université. Lucien avait des périodes d'ambition aveugle et délicieuse, des périodes de peinture, des périodes où il faisait la cour et de longues promenades à la lumière des étoiles sur des plages vides de l'hémisphère occidental, pieds nus, avec les jambes du pantalon de son costume tropical bien coupé roulées au-dessus des vagues chaudes qui se brisaient. Il avait épousé une compagne et avait un merveilleux petit garçon.

Il était sûr qu'Emily avait connu de bons moments, elle aussi. Aujourd'hui, Lucien avait des années de plus que l'homme pour qui elle l'avait quitté autrefois.

Pendant les quelques jours suivants, Lucien essaya d'avoir une conversation sérieuse avec son pote Austinberry à propos du bétail. Ça ne l'intéressait pas. Il rappela à Lucien que cet endroit était uniquement une ferme herbagère et, à ce titre, sujet aux pires statistiques qui avaient cours actuellement dans l'élevage du bétail. Depuis trois ans, dans l'État du Montana, le prix du bœuf était tombé de vingt cents par livre entre l'arrivée du bétail et son expédition en automne, ce qui voulait dire que chaque propriétaire de ranch perdait de l'argent jusqu'à la moitié de l'été ou peut-être pendant plus longtemps, selon la nature de son prêt. Cela ne retint pas l'attention d'Austinberry; il continua d'aller et venir dans la cuisine en faisant tinter les molettes de ses éperons. Lucien dit : « Transportons tout en ville cet automne, acceptons d'avoir moins de bêtes de première qualité, puis repartons à zéro avec des génisses au printemps. Ça veut dire qu'il faut acheter du foin tout de suite.

– Nous ne voulons pas acheter de foin, dit Austinberry. Nous ne voulons plus dépenser d'argent.

– Qu'est-ce qu'on leur donnera à manger au printemps ?

– Ça m'est égal, ce qu'on leur donnera au printemps.

– Tu n'as pas l'intention de rester ici ? »

Après le déjeuner, il marcha dans le lit à sec de la rivière qui remontait en serpentant dans les Crazy Mountains comme une route sacrée. Il y avait d'anciennes traces de chariots qui creusaient deux sillons dans le rocher. Dans un virage en épingle à cheveux, il trouva un petit tas de cartouches vides de 45-70 qui tombaient en poussière, un ancien duel au pistolet dans un coin tranquille. A cause du déjeuner copieux, Lucien souffrait de ce que les diététiciens appellent une montée alcaline, et dans sa lassitude il rêvait d'eau dévalant les parois rocheuses du lit à sec de la rivière et l'emportant jusqu'à l'océan, où l'on n'exigerait plus aucune décision et où il retrouverait son petit garçon.

Lucien et l'avocat se tenaient au-dessus de la lueur de la lampe, dans un restaurant vide au décor médiéval, petite anomalie terrifiante pour une ville d'élevage du Montana. L'avocat, Wick Tompkins, était un gros homme qui, ça se voyait, avait grimpé dans la hiérarchie sociale. Pour essayer d'exprimer la solitude de son existence, il avait demandé à Lucien s'il y avait quelque chose de plus triste que de revenir chez soi pour y trouver un répondeur téléphonique vide de tout message. Il avait un visage très mobile qui allait en se rétrécissant des tempes au menton; mais ses mains étaient celles d'un travailleur honnête et elles martelaient la table avec un bruit sourd et sérieux pour souligner chaque phrase. Lucien l'aimait bien, mais Tompkins était déterminé à garder un air d'adversaire. C'était lui qui avait rédigé pour Emily le document faisant du ranch un garant.

« Elle va aller au pénitencier », déclara-t-il. Martèlement de la main. « Pour dire les choses telles qu'elles sont. » Cette fois les mains s'abattirent de plus haut.

« Et vous êtes son avocat, dit Lucien en levant les sourcils.

– Je suis son avocat. » Les mains restèrent absolument immobiles.

« Oh, mon dieu...

– Hé, regardez les choses ainsi : elle l'a tué raide comme un maquereau. Mais ici on est dans le pays des fers à cheval japonais, des chemises de cow-boy de Taiwan et des mors coréens. Qui sait ce que va dire un jury ?

– Si elle l'a tué, il devait bien y avoir une raison.

– Il y avait une bonne raison. Il la battait. Mais il ne l'avait pas fait depuis longtemps. C'est donc un crime prémédité. Elle le décrit elle-même comme un crime prémédité. Même un jury avec un QI aussi élevé que la température de la pièce verra que c'est un crime prémédité. On ne peut absolument pas y échapper. Mettez-vous à ma place. Je vais expliquer comment il lui a écrasé les mains dans la portière de la voiture, pour qu'elle ne joue plus de piano. Et quand mon argument aura fait son chemin, voilà monsieur le procureur avec une photo de la dépouille mortelle représentant un visage entièrement brûlé par la poudre sauf à l'endroit où la balle est entrée et qui n'est qu'un trou.

– Alors, demanda Lucien, à quoi est-ce que vous servez ?

– Je vais essayer de réduire la sentence, faire durer le spectacle jusqu'à la cour d'appel, travailler sur son recours en grâce et tromper plus ou moins la justice comme le bon porte-parole que je suis. Vous savez, pour un gars de la campagne.

– Je vois.

– Non, vous ne voyez pas. Ce que vous voyez, c'est l'acquittement pour elle et un nouveau départ pour vous deux. Vous savez, je vous vois d'ici, des soirées sur des kits de reproduction de tableaux, là-bas, au ranch.

– Vous commencez à dire n'importe quoi. C'est assez moche comme ça sans faire d'effets de manche. Bon, je vous en prie... Et que ce soit votre dernier... » Lucien lui montra son verre.

« Les patelins perdus connaissent peu de choses aussi désagréables que les fils d'avocat natifs du pays avec une bourse d'État qui sortent en trébuchant d'un troquet du bord de la route dont ils connaissent le patron... Faut que j'y aille. »

Il se leva, l'avocat lui cria : « Je te parie dix dollars que tu vas perdre tes cent mille. »

Quand Lucien se retourna, l'avocat était couvert d'une légère sueur due à la recherche de cette dernière phrase. C'était comme un petit footing autour du pâté de maisons pour un type qui court beaucoup. Il avait l'air assez content de lui, mais Lucien l'aimait bien : les types indépendants et grande gueule dans des trous perdus se faisaient rares.

Lucien essaya de penser à Emily en train de tuer son mari, une personnalité brutale de type A qui s'en prenait à tout et à tout le monde. Emily regardait les choses en face. Lucien sentait qu'il n'avait jamais été capable d'en faire autant. Il la voyait pesant le vieux mari sur la balance de la justice comme un surveillant de parc naturel examine le dossier d'un ours qui a fouillé les poubelles en faisant peur aux campeurs : il va falloir qu'on s'en débarrasse.

Lucien se leva de bonne heure et prépara le petit déjeuner. C'était un poêle à bois avec une cuve à eau, amusant à faire marcher. Il y avait beaucoup de bouches de chaleur et faire cuire des œufs exigeait qu'on déplace sa poêle jusqu'à ce qu'on ait trouvé une température raisonnable qui ne les fasse pas brûler. Aujourd'hui, ils allaient à la chasse.

Lucien lui jeta quelques regards à la dérobée pour essayer de voir si des orages s'accumulaient au-dessus de ses sourcils tandis qu'elle mangeait. Il n'y en avait pas trop. Elle avait la sérénité de la beauté du lycée qui a traversé des années de tribulations comme un vase survit à une révolution. Cela faisait un beau contraste avec l'insouciance exaspérante qui le caractérisait, sa capacité juvénile à rebondir qui, à l'origine, lui avait sans doute coûté Emily. Un garçon de dix-huit ans avec l'air d'un représentant de commerce fatigué de trente ans plus âgé aura toutes les filles à chaque fois.

Quand ils quittèrent la cuisine, Austinberry apparut et demanda : « Où est-ce que tout le monde s'en va ?

– A la chasse », dit Emily.

Austinberry les regarda un long moment, un regard qui se voulait brûlant, et il dit : « Oh, bon Dieu ! »

Ils arrêtèrent la camionnette devant une vieille ferme. Lucien laissa sortir Sadie qui fila entre les bâtiments pendant qu'ils regardaient par les fenêtres cassées ; le sol était jonché de morceaux de verre. Il y avait des cuissardes usagées et une casquette écossaise accrochée à un clou. L'endroit était vide depuis longtemps. Sur l'appui de la fenêtre, il y avait une boîte de graisse assez lourde pour être pleine mais le couvercle était coincé par la rouille. Des dépendances grises entouraient un espace commun et le sentiment de se retrouver face à des forces effrayantes suffisait pour que Lucien soit heureux de n'avoir jamais été sur la frontière. Ce n'était pas un endroit pour un type qui se prenait les pieds en marchant.

Le premier champ avait autrefois été merveilleux pour le gibier à plumes. Il était plat et uniforme, l'odeur des oiseaux restait dans les courants invisibles de l'air. Un chien comme Sadie courrait et marquerait l'arrêt dans les deux premières minutes. Une arroseuse à roue était couchée sur le côté, semblable à un monstre.

« Emily, dit-il tandis qu'ils descendaient les sillons, comment se fait-il que tu sois si calme?

– Je ne suis pas calme. Je suis fataliste. »

Lucien comprit. « Tu sais, j'ai pris un verre avec ton avocat.

– Ah! J'aurais préféré que tu ne le fasses pas.

– Eh bien, je l'ai fait et j'aurais aimé qu'il soit plus optimiste.

– Il n'a aucune raison d'être optimiste. Il sait que je le referais. »

Ils arrivèrent dans un champ de chaume. Il y avait encore de la gelée, on aurait dit qu'une espèce d'immense chose vitreuse s'était renversée dessus et brisée. En regardant les Crazies au-dessus du champ, Lucien voulut s'abriter les yeux. C'était un champ bien cultivé qui utilisait tout le terrain plat; mais c'était merveilleux de voir les restes des buttes couverts de sauge et la vieille prairie sauvage qui ne se soumettait pas au labour. Lucien libéra Sadie et elle marqua son premier arrêt, ignorant l'averse de pipits des près qui se mirent à chanter exactement comme le décrivait son livre sur les oiseaux : « Pi-pit, pi-pit ». Pour Sadie, cela n'était pas très important. Les vagues d'odeur du gibier étaient plus fortes.

Pendant un instant, Lucien se moqua bien de savoir si Emily avait tué son mari, si elle avait pissé dans un violon ou si elle était devenue aveugle. Il connaissait la sublime liberté de la chasse.

Ils avancèrent bientôt entre les troncs minces, pâles et anguleux d'un bois de trembles en remontant un petit ruisseau vers sa source. Ce devait être une source, car les berges moussues n'étaient manifestement pas troublées par le courant. Quand ils y arrivèrent ce n'était qu'un marais, petit mais beau, d'où une bécassine s'envola soudain de ce vol bruyant et tombant qui fait croire qu'elle est hardie. Des joncs fins et réguliers poussaient sur le sol humide, certains étaient bruns et veloutés, d'autres enroulés avec des panaches de coton gonflés.

« Tout ce temps, tous ces longs moments, dit-elle.

– Comment est-ce que je pourrais trouver des tétras sans ces longs moments d'observation. »

Ils durent traverser une étendue de sol bourbeux. Sadie dansait à la surface tandis qu'ils recherchaient les endroits secs et les troncs en décomposition. Une fois sortis des joncs et des roseaux, ils purent voir les sommets granitiques et brillants des Crazies.

Un des miracles de ce coin, c'était que les

endroits humides étaient très délimités : dès qu'ils eurent quitté le terrain détrempé, ils se retrouvèrent dans les collines couvertes de genévriers et de sauge, où l'air de la prairie donnait une sensation de distance, de sécheresse et de formes immenses, tout à fait différente de l'intimité des marais de la source; il semblait même difficile que les deux puissent coexister.

Ils suivirent un torrent à pic, juste au-dessous des églantiers, et Sadie marqua l'arrêt. Lucien espéra que les oiseaux ne s'envoleraient pas, car la paroi était presque verticale. Il leva les yeux en tenant le petit L. C. Smith d'une main et en cherchant à quoi s'accrocher tout en avançant. A mi-pente, il dut s'arrêter et souffler comme un vieux cheval de trait; mais Sadie tenait toujours l'arrêt, un point lumineux sur le versant ocre.

Lucien réussit à monter sur le terrain plat derrière elle et il vit qu'elle marquait fermement l'arrêt dans un couvert idéal de broussailles. Il anticipait déjà l'envol grondant. Il jeta un coup d'œil en bas pour apercevoir Emily en dessous de lui, qui l'observait, la bouche légèrement ouverte. Lucien se concentra pour bien tirer, il dépassa Sadie pour lever les tétras; mais quand ils s'envolèrent, il se contenta de les regarder partir, tachetés et bruns devant le ciel ouvert.

6

Lucien dormit et pendant la nuit, il rêva ou entendit – il ne le sut jamais – une activité incessante, une activité qui avait dû durer longtemps : des objets qu'on traînait sur les planchers de bois, des portes qu'on ouvrait et qu'on fermait au hasard, des véhicules qui manœuvraient dans le noir, le long cri d'un cheval qui n'était pas dans son corral, puis le silence. Quand Lucien s'éveilla, il vit Emily avec le petit déjeuner sur un plateau. Il ne fut pas amadoué pour autant et il s'appuya simplement sur le coude en attendant qu'elle parle.

« Je te laisse tout, dit-elle, mais je peux toujours revenir, hein ? »

Lucien ne dit rien. Il pensa qu'accepter de savoir qu'elle s'en allait faisait de lui un complice. « J'aimerais avoir une photo de toi, dit Lucien. Un portrait avec un joli cadre. »

Il remarqua que la lumière et les nuages bougeaient devant la fenêtre ; il vit les ombres qui tournaient sur les sommets des Crazies, et la nuit qui arrivait, pas de façon uniforme, mais avec un décalage à différents endroits. Il commença à se demander quels étaient les loufoques qui vivaient ici autrefois, ceux qui avaient caché des bouteilles de whisky sous la véranda et qui avaient enterré des chiens au bord du ruisseau. S'étant reposé pendant la plus grande partie de la journée, il resta éveillé toute la nuit et regarda par la fenêtre les prairies abandonnées dans le froid du clair de lune. Il se demandait seulement comment s'occuper d'un tel terrain. Toute cette herbe, la fléole, le brome, le vulpin, l'avoine, la fétuque, l'orge, l'herbe des vergers, le pâturin, le millet des oiseaux, l'herbe des six-semaines, la prêle, la queue-de-renard, l'herbe des ruisseaux ! Et tous ces rochers ! Toute cette eau qui courait partout !

Cette nuit-là, les lumières d'un avion tournèrent au-dessus du plateau, de l'autre côté du ruisseau, et Emily s'en alla : un bourdonnement qui s'éloignait derrière les nuages. Lucien pleura la perte qu'il venait de subir. Dans ces larmes coulaient le venin d'un écolier délaissé affrontant une magie qui n'était pas morte au bon moment, et dont il n'était pas bon de se souvenir.

Le jour se leva sur le ranch de Lucien. Il nourrit tous les chevaux de selle parce qu'il n'y avait aucun signe de W.T. Austinberry. Sans s'en rendre compte, il se retrouva sous le hangar en train de compter les balles de fourrage et de diviser les rations par le nombre de mois d'hiver. Il regarda le petit ruisseau qui traversait le corral et réfléchit au meilleur endroit pour creuser un trou dans la glace. Il se demanda aussi si tous ces chevaux étaient bien des chevaux de selle ou s'il n'y avait pas un cheval sauvage, cachant son caractère de tueur sous l'amitié avec les autres chevaux devant la mangeoire. Puis tout devint clair. Austinberry était parti avec Emily. Pour une raison quelconque cela augmenta le sentiment d'humiliation de Lucien.

Il pensa voir en W.T. une version ridicule de lui-même, avançant en trébuchant sur la piste. Et pourtant, il contempla d'un œil avare sa nouvelle terre. S'il avait porté une cravate, cela n'aurait pu lui paraître que plus absurde encore. Cela lui avait été épargné.

Eh bien, se dit Lucien, le soleil descend et on a le cafard. Il s'assit dans le vieux poulailler pour s'abriter du vent, il fuma et se sentit seul. Il s'assit sur une rangée de couveuses et regarda les dernières écharpes blanches de nuages dans le ciel. Il avait lu quelque part que certains sont composés de cristaux de glace et à cet instant-là, à cet endroit-là, il eut l'impression que c'en était. Tout son passé ne défilait pas devant lui, mais seulement certains des moments importants, les grands triomphes et les grands échecs. Quand la lune des moissons traversa le grillage du poulailler, Lucien avait revu sa vie et était prêt pour un nouveau départ.

Il rentra dans la maison; il remplit la baignoire d'eau chaude et prit un bain, puis il contempla la lumière du matin sur les fleurs du vieux linoléum de la cuisine. Il eut une pensée émue pour l'homme, sans doute disparu, qui avait imaginé ces fleurs épouvantables pour la fabrique de linoléum. Pouvait-il savoir ce qu'un demi-siècle de bottes boueuses et d'usure domestique feraient à ses fleurs aux couleurs vives?

Au moment où le jour dans tout son éclat avait pénétré au fond du plus petit ravin et fait se cacher le tétras le plus endormi en poussant le cri d'alerte au faucon, Lucien était grimpé à six cents mètres au-dessus de son ranch pour essayer de découvrir où il se trouvait. Il commençait à se rendre compte du prix qu'il avait payé pour se retrouver seul ici.

7

Quand Lucien était très jeune, il lisait tous les magazines de chasse ; et l'un d'eux, il s'en souvenait maintenant, contenait une rubrique intitulée : « Ceci m'est arrivé », dans laquelle des choses horribles arrivaient à des chasseurs à cause de la glace, des à-pics et des animaux sauvages, des choses vraiment terribles auxquelles les chasseurs survivaient en trouvant rapidement une solution au bon moment. Ou bien ils étaient sauvés par quelque chose d'inexplicable. Par exemple, l'ours polaire voit son compagnon qui passe sur un iceberg et il vous lâche le crâne. Cela ressemblait tout à fait à une intervention divine et cela avait pour but de vous faire croire que le chasseur est celui qui risque le plus de ressentir la grande roue, l'engrenage éternel. Ce qui donnait sa qualité sulfureuse à « Ceci m'est arrivé », en plus des illustrations représentant des chasseurs qui se balançaient au-dessus d'un précipice, qui glissaient ou qu'on poursuivait, c'était que chaque article était signé par le survivant. Pendant longtemps, Lucien s'identifia avec ces hommes presque anonymes et il commença à rechercher des façons de vivre qui engendreraient des versions civiles de « Ceci m'est arrivé », en combinant l'histoire anecdotique et épisodique et surtout cette odeur profonde et permanente de soufre. Quand il essayait de s'en éloigner, il s'en sentait incapable; quand il s'y abandonnait, il trouvait que cela exigeait de lui un effort immense pour produire un véritable effet « Ceci m'est arrivé », comme aux chasseurs, dans une atmosphère authentiquement sulfureuse.

Maintenant, plongé dans les conséquences, il ne souhaitait plus que cela lui arrive. Il n'avait pas de remèdes familiers sous la main. Aussi, passa-t-il tout son temps sur la ferme, dont les hauts pâturages étaient brisés par d'anciennes failles de tremblements de terre et par des canyons remplis de broussailles qui s'enroulaient sur eux-mêmes comme des coquillages. Dans ces canyons, le soleil ou la lune s'élevait et descendait en une heure seulement; l'ombre courait derrière vous telle une guillotine. Les insectes étaient agrandis dans la lumière oblique, les parois rocheuses semblaient nettoyées au vinaigre. Des coyotes traversaient furtivement ces Byzance retirées, sans savoir que Lucien était là, en train de manger de la truite froide dans ces journées d'une heure d'où il sortait dans un jour plus vaste, avec le sentiment d'avoir volé du temps.

Lucien vit le soleil s'élever vers lui à la surface de l'eau. Dans la courbe, la rivière gagnait du terrain comme l'éclat d'une crête. Sa voiture était une larme lumineuse de peinture terrifiante garée sur la berge. S'il ramait assez longtemps, il serait fatigué.

Il reposa les rames sur le plat-bord et descendit

sur la berge en tenant l'amarre à la main. Le bateau fut entraîné un peu dans le courant, puis revint contre la berge. Il hissa l'avant sur les graviers froids et alluma une cigarette.

Lucien avait conclu qu'il s'avançait vers une rencontre avec lui-même. Il s'était mis à l'épreuve, mais il ferait une étrange exception, car il avait vu ces petites choses qui vous faisaient manquer de parole à l'éternité. Le journal d'hier soir annonçait qu'un homme avait été violemment battu puis tué alors qu'il gardait une collection de chopes Royal Doulton Toby. Un homme tranquille était mort dans un chaos de porcelaine et de plomb. Tout ce qui signifiait quelque chose était vendu à des guitaristes et à des stylistes de pantalons. Il allait pêcher calmement et attendre que ça se tasse.

Lucien et une nouvelle amie terminaient une longue nuit passée ensemble; ils ne savaient absolument pas comment. La route était tiède. Des oiseaux s'étaient baignés dans la poussière et avaient disparu dans les buissons le long de la rivière. Des insectes d'eau s'en élevaient et tachaient le pare-brise de la voiture qui se déplaçait dans une alternance de lumière, de végétation et de ciel. L'éclat de la voiture était magnifique avec la nature qui s'y reflétait au passage.

« Je vais m'arrêter », dit Lucien. La femme assise sur le siège avant le regardait, les lèvres légèrement gonflées. Le soleil se levait, elle s'appelait Dee.

Lucien alluma un cigare et regarda autour de lui avant de lancer sa fumée vers l'ombre feuillue et mouvante d'où venait le bruit de l'eau froide. Il sentait que ça montait en lui.

« Peut-être que je peux attraper un poisson », dit-il à la jeune femme et il sortit. Il fit passer la ligne dans les œilletons de la canne à pêche et regarda les broussailles dans lesquelles on entendait le bruit de l'eau.

« Il y a des insectes, dit-elle de l'intérieur de la voiture, le visage dans l'arc dessiné par les essuie-glace. Maintenant, ils sont sur le tableau de bord. Est-ce que je peux mettre la radio pendant que tu fais ça ?

– Vas-y. Essaie d'avoir les infos. »

Des éphémères bleues volaient au-dessus des saules. Il s'avança péniblement vers la source, et bientôt il n'entendit plus la radio. Il attrapa quatre petits cous-coupés avant de réfléchir à l'issue de cette escapade. Il se dit. Je ne peux m'en prendre qu'à moi. Il referma le couvercle de la boîte de mouches anglaises qui contenait des centaines de trésors, et l'escapade s'acheva.

« Tu as attrapé un poisson ?

– J'en ai attrapé trois. Tu peux baisser la radio.

– Trois poissons. C'est bien. Tu as attrapé trois poissons. Voilà, j'ai baissé la radio. Content ?

– Oui, très.

– C'était le top cinquante.

– Tu vois, ça ne me fait rien de particulier. C'est comme d'être roulé dans un tonneau.

– Ouais. Tu sais, je crois que le réveil de mon mec a sonné il y a une heure. » Lucien trouva que le lever du jour la faisait ressembler à une statue de l'île de Pâques. « C'est comme ça, ajouta Dee en ouvrant son poudrier, mais elle le remit dans son sac avec lassitude. Finissons-en. Ma tante me laissera passer par le garage. Ni vu ni connu. »

Lucien fit démarrer la voiture et descendit la

route en direction de la ville. Il essaya de mettre un peu de diplomatie et de reconnaissance dans sa voix. « Ça serait la meilleure solution pour nous deux, dit-il.

– T'es un sacré enculé, dit-elle. J'ai l'impression d'être un égout. »

La maison du ranch avait un plancher flexible. Comme la maison de la mère de Lucien en ville. Quand Lucien était enfant, il pouvait courir au rez-de-chaussée et faire tinter la porcelaine dans les placards pendant une minute. Un train sur le pont faisait la même chose ; et le balcon du premier étage tremblait avec la circulation, ou même, apparemment, avec les cris des voisins dans la rue. Mais il s'agissait d'un mouvement différent, moins la conséquence d'une marche pesante que d'un gémissement catarrheux montant du sol, né entre les fondations de bois de la maison. Un des aspects du problème, c'était que Lucien allait devoir se débarrasser des meubles. Il y en avait beaucoup. Et derrière les deux lits sans ressorts et humiliants il y avait des taches de brillantine ; mais, se dit-il, nous avons assez de lieux hantés comme ça.

Il neigeait dru dans l'air immobile et c'était une journée parfaite pour brûler des meubles sans craindre de déclencher un feu d'herbes. Des corbeaux mouillés croassaient, posés sur les fils téléphoniques, noirs et désassemblés comme des guenilles. Il buvait. Il souleva les lits brutaux, les canapés qui en savaient trop, les mécanismes fendillés d'un prototype La-Z-Boy qu'un lecteur solitaire de *Popular Mechanics* avait assemblé et que

Lucien avait cassé. Tout ça, surmonté par des arpents de carrés de linoléum avec des motifs de chrysanthèmes, arrosé de fuel, ne demanda qu'une allumette pour s'enflammer. La première éclaira la neige fine et dense et donna l'impression d'une brume ensoleillée; tout ce qui se trouvait à une distance moyenne – les chevaux, les arbres, les clôtures – brilla d'un gris intense comme les esprits chassés des meubles. Alors que Lucien marchait autour des flammes impitoyables qui léchaient les flocons de neige, sa bouteille à la main, il lui sembla qu'on ne pouvait pas le trouver malchanceux; ni, si on y réfléchissait, émettre la moindre opinion sur lui. Il se mentait à lui-même.

Dans la chambre, il ne restait que le strict ameublement d'une chambre d'étudiant; ce vide semblait encore plus sinistre que les anciens meubles. Et il y avait des impacts de balles dans des cercles mystérieux de brillantine. Mais ça n'arrange personne d'être privé de son enfant. Aujourd'hui, c'était officiel.

Le bruit de la neige glissant du toit de la grange, les vents chinook la nuit, les coyotes en bas de la maison qui faisaient plus de bruit que les matches de base-ball à la télévision, la fumée du bois et le gémissement du moteur des tracteurs, une grande promenade en bateau sur la rivière, en gros, un bon comportement si on exceptait une perte de conscience pendant huit cents kilomètres sur l'autoroute. Mais personne n'avait été au courant.

Cher Herbert,

On m'a parlé de ta version et de celle de ta

cliente sur la raison pour laquelle j'aimerais voir mon fils avant l'hiver et la raison pour laquelle j'aimerais connaître son bulletin scolaire, ses projets, ses desseins, etc. J'ai cru comprendre que toi et ta cliente, vous imaginiez que je suis en train de constituer ma défense pour remettre en cause une décision que j'ai appris à accepter avec énormément de difficultés. En outre, j'en viens à croire que tu as encouragé ta cliente dans cette façon de penser.

Herbert, je veux croire que cela est faux, et que l'auteur d'un raisonnement aussi malsain aura soit la capacité de le corriger, soit le bon sens de reconnaître que ceux qui se sont trompés recherchent tous les remèdes qui sont à leur disposition.

Je sais que tu comprendras ce que je dis.

Bien cordialement,

Lucien Taylor.

Les petits bureaux de Wick Tompkins faisaient face au monument du cavalier tombé, un soldat de bronze grimaçant et déjà mort, tombant sur un cheval déjà mort; il tenait la flèche qui transperçait sa tunique, et laissait croire que le dernier homme encore vivant dans le monde était celui qui tenait l'arc. Wick aimait faire remarquer que le type devait se tenir tout près du bureau de sa secrétaire quand il avait visé le soldat. Depuis le départ d'Emily, Wick et Lucien étaient devenus amis.

La secrétaire quitta des yeux son nouvel ordinateur avant d'y ajouter du grain à moudre. Cet appareil avait fait de Wick un rentier. Il pesait maintenant cent vingt kilos. Il souriait tout le temps et son sourire disait : T'as intérêt que ce soit drôle.

« Entre, Lucien, et ferme la porte. Je ne veux pas que quelqu'un te voie. Ton chapeau, donne-moi ton chapeau. »

Lucien tendit son Stetson à Wick qui l'accrocha à un trophée décerné à la jument championne du concours de Golden Spike dans l'Utah.

« Herbert Lawlor m'a informé que tu l'avais menacé dans une lettre.

– C'est faux. Je lui ai écrit, c'est tout.

– J'ai lu la lettre.

– Alors tu sais que Herbert Lawlor est hystérique.

– Il y avait un soupçon de menace dans ta lettre. C'est une sale affaire. Et tu vas laisser tomber. Tu t'amuses bien dans cette vieille ferme à vaches, hein?

– Je fais des réparations.

– Et tu te promènes sur la rivière?

– Presque tous les jours.

– C'est parfait. En particulier si tu me laisses communiquer avec M. Lawlor. Tu t'abaisses en faisant ces choses-là toi-même. Je suis payé pour m'abaisser, même si je rêve de gloire, de kilos en moins et de miracles sexuels avec des inconnues.

– Tout irait bien mieux si je pouvais voir mon fils.

– Tu le verras à Noël et il va falloir que tu t'y habitues.

– Noël.

– C'est la *prochaine* fois, pas la *dernière* fois.

– Comment est-ce que tu sais quand ce sera la dernière fois? »

Wick Tompkins tira sur sa cigarette, fit un geste

pour l'écraser, décida qu'il en restait encore trop et dit : « Je trouve que c'est une remarque épouvantable.

– Ce n'est pas une remarque. C'est ce que je pense.

– C'est épouvantable. »

Quand des jeunes filles apprennent les nouvelles danses, se dit Lucien, c'est la dernière fois que les nouvelles danses sont intéressantes. Je suis en ville, se dit Lucien, pourquoi ne pas en profiter ?

Il s'assit au comptoir de chez DeWayne, un repaire pour des gens beaucoup plus jeunes que lui, et il but du café, ce qu'il y avait de plus rapide dans l'établissement. DeWayne était un ancien bar sans alcool, qui appartenait à la même famille depuis Eisenhower. Grand-père, Pépé, Edd, Edd Junior, toujours là : une dynastie de bistrots. Il but autant de café et aussi vite qu'il le put en regardant, par une petite ouverture au bout de la pièce, les jeunes filles qui dansaient ensemble au son d'un juke-box. Leurs mouvements étaient étranges et guindés, vitreux et distants ; et tout ce qu'il y avait de beau dans leurs corps avait moins de deux ans. Elles s'avançaient vers la musique beuglante, mais s'éloignaient, et leurs regards se croisaient. Elles penchaient le corps vers les tables à colonnes et avalaient rapidement une grande gorgée de boisson gazeuse sans perdre le rythme. Cela glaçait Lucien et pourtant une part de lui-même désirait être un garçon superficiel avec une voiture de sport. Tout ce qu'il avait fait ressemblait à une vieille bande de télégraphe.

Lucien savait qu'il devait mener une existence

honnête. Il savait qu'il était observé, pas par tout le monde, mais observé de près. Les gens semblaient penser qu'il attendait Emily.

Quand il sortit de chez DeWayne, il eut l'impression que son pantalon était ouvert, ou que son visage et son cou étaient couverts de suçons. Il vit deux personnes qu'il connaissait. Le premier était l'agent immobilier messianique, H.A. « Bob » Roberts. Bob lui lança un bonjour. Il doubla Lucien à une allure de marathonien mais garda le visage rivé dans sa direction.

L'autre personne était Mrs Hunt, l'ancien professeur de mathématiques de Lucien. Elle était à la retraite depuis longtemps et aujourd'hui elle parcourait Main Street en grondant ses anciens élèves, dont certains étaient grands-parents et en avaient par-dessus la tête depuis tant d'années.

« Tu n'es pas un peu âgé pour un tel établissement? demanda-t-elle à Lucien.

– C'est ce que je pense, répondit Lucien, en regardant son sourire qui exprimait trois quarts de siècle de colère froide. J'ai l'impression d'être gai quand je suis dans un endroit comme ça. Qu'est-ce que vous en pensez?

– Nous parlons de maîtrise de soi, Lucien. »

J'aurais dû cogner cette vieille folle, se dit Lucien.

C'était le décor parfait. Lucien était assis avec Dee, à la première table, de ce côté de l'écran de télévision en circuit fermé, un truc immense qui se dressait, énorme et pâle, dans la pièce obscure. Le long des murs, il y avait des boxes sombres, vides et intimes, qui semblaient remplis de fantômes comme les catacombes du Mexique. Le barman mit tant de glace pilée dans les cocktails que Lucien ne comprit jamais pourquoi il avait la tête engourdie ni pourquoi ses poignets lui faisaient mal. Tout ce qu'il savait c'était son changement d'humeur.

« Je me demande bien ce que je fais là avec toi, dit-elle.

– Je n'en sais rien. »

Il fixait son verre, effrayé.

« Est-ce que je t'ai dit que j'ai été très heureuse que tu puisses attraper des poissons l'autre jour ?

– Non, tu ne me l'as pas dit, mais je te remercie.

– Ç'est ça l'amour.

– C'est très bien, non ?

– Alors pour toi, l'amour ce n'est que la baise ?

– Non, bien sûr ce n'est pas ça. Mais c'est quelque chose de bien. Garçon est-ce que je peux avoir une olive noire ?

– Pour votre margarita ?

– Exactement. »

Le garçon s'approcha et laissa tomber l'olive d'environ cinquante centimètres sur son cocktail de glace.

« Merci », dit Lucien en le regardant droit dans les yeux.

Dee était vraiment jolie, mais Lucien lui trouvait le cou un peu fort, un peu sculptural. Une veine bleue le traversait comme quelque chose d'hydraulique. Peut-être que si elle avait eu la tête plus grosse... Mais à ce moment-là, tout le reste aurait peut-être été dérangé. Lucien avait déjà réfléchi à tout ça : changer la pointure des chaussures, creuser un peu les chevilles en suivant la ligne des tendons, faire pivoter le cul de quelques degrés vers le nord. Après on pouvait aussi bien charger le tout dans une brouette.

« J'ai rencontré mon ancienne prof de math. Elle a été cruelle et elle m'a fait me sentir vieux.

– Je suis un peu partie.

– Je ne faisais rien de mal, et elle m'a mis la main dessus. » Lucien lui jeta un regard prudent.

« *La cuite magnifique!* s'écria Dee.

– Quant à ce que tu fais ici, je n'en sais rien et ça m'est égal. Cette vieille folle m'a donné l'impression que j'étais un clochard en train d'attendre sa crise cardiaque dans une gare routière.

– Dis-moi mon nom.

– Oh, ma chérie. » Lucien commença à paniquer.

« Parce que tu n'y connais foutrement rien. Pour qui tu me prends, pour un Kleenex? »

Lucien esquissa un sourire. Cela semblait juste et compréhensible. Cela semblait correct. Il se dit que si, en amour, on mettait autant de soin à quitter son partenaire qu'on en met pour descendre de cheval en équitation, le monde serait plus heureux.

« Reste ici, lui ordonna--t-elle. Ne bouge pas. »

Elle alla jusqu'au bar et parla avec le barman. Il se pencha sur la main qui tenait un torchon. De l'endroit où se trouvait Lucien, le barman ressemblait au dieu du temps. Il battait des paupières pendant qu'elle lui parlait, il hochait la tête, puis il essuya brusquement le bar et elle revint à la table en essayant de suivre une ligne droite.

« Ne t'inquiète pas. J'avais un rendez-vous avec le barman. Il aime vraiment s'amuser.

– Alors, tout va bien... ?
– Oui, dit-elle en cherchant une cigarette dans son sac. Il a dit que ce serait dans une demi-heure.
– *Dee!* » cria Lucien, mais c'était trop tard.

Un Kleenex. C'était étonnant qu'elle puisse faire une remarque comme ça, quelle que soit son amertume. Sans illusion, Lucien essaya d'imaginer son mari, la vraie raison de son amertume. D'après ce qu'il savait, le mari appartenait à cette catégorie de cocus vaniteux, qui se servent de tronçonneuses pour découper des maisons, et de camions bennes pour se venger de leurs épouses et de leurs petites amies et qui se font finalement arrêter, des agneaux avec des dossiers exceptionnels, par des policiers stupéfaits, et on les soigne pour surmenage avant de les libérer dans un monde nouveau.

Lucien roulait dans la vallée. Le ruisseau murmurant scintillait entre les versants des collines. Ça remonte le moral, pensa-t-il, que l'eau continue à descendre.

Alors il remit son bateau à l'eau. Il se promena et fuma entre les falaises de calcaire. Pendant quelques heures, il laissa la rivière l'emmener, vers l'écume de l'océan, vers les populations grouillantes aux femmes qui semblaient venir d'Égypte et qu'on ne devait pas avoir élevées avec des gâteaux. Pendant quelque temps, il eut l'impression que la nation et toute sa population venaient vers lui, alors il tira le bateau sur un banc de gravier, en faisant peur à huit jeunes canards qui ne réussirent pas à s'envoler. Ils s'enfuirent en battant des ailes et disparurent dans les roseaux.

Je suis un homme attaché à sa famille, se dit

Lucien, malgré tout ce qu'on m'a pris. Il continuait à se considérer comme une victime.

Envoyez s'il vous plaît une grande bouteille d'essence de laurier-rose. Le vent du nord détruit cet endroit. Envoyez s'il vous plaît un monument aux morts chauffé par le soleil et qui convienne à un emplacement sur l'herbe de la côte des Bermudes. Ai très envie de revoir les propriétés avec canal et les noix de coco flottantes comme cibles au tir au pistolet, mentionnées ci-dessus. Chien de garde, un luxe inutile, aussi démonter système de culture des tomates dans l'eau, puisque je n'ai absolument pas la main verte surtout en ce qui concerne ma propre vie.

Lucien se dit : Je n'aurais peut-être pas dû jeter tous les meubles. Le vent a déjà pris possession des lieux, tu ne crois pas? Bien sûr. C'est comme si tu habitais dans la grange.

Il était assis très droit dans le fauteuil à bascule en rotin, un verre de whisky couleur d'ambre dans la main. La chose la plus cruelle que j'ai faite lors de la mort de mon père a été d'exiger « pas de chants funèbres » par la famille. Nous pourrions partir de là. Soixante-six ans de gâchis autour de lui ne me semblaient pas un passé propice aux bruyantes tentatives d'une famille irlandaise pour accélérer le passage de ce pauvre type au paradis. Je prends ma part, qu'il prenne la sienne. S'il va au paradis, ce sera comme criminel exemplaire, une figure de pathos, pour donner l'effet du clair-obscur aux bienheureux qui ont tout.

Je ne fais peut-être pas mieux avec mon fils. Je devrais peut-être ne m'occuper que de l'essentiel, téléphoner là-bas où on ne parle pas beaucoup l'anglais, en me regardant avec l'appareil à l'oreille dans le reflet de la fenêtre du salon qui tremble dans le vent, et les collines émaillées devant l'obscurité. Compose avec l'indicatif l'air de *Yankee-Doodle*, les numéros disparaissant dans l'ordinateur. Si je tombe sur son petit ami je chanterai *Comment te traite ma femme?* avec un enthousiasme de castrat. Du calme.

« Suzanne?

– Oui.

– C'est moi.

– Quelle heure est-il?

– Environ onze heures ici. Je ne vois pas ma montre.

– Euh. Il est une heure ici. Qu'est-ce qu'il y a?

– Tu n'es pas seule?

– Qu'est-ce qu'il y a, Lucien?

– J'ai peur d'avoir été grossier avec ton avocat.

– Oh, j'en ai entendu parler. Il va falloir que tu arrêtes.

– C'est déjà fait. On me l'a conseillé.

– Où est-ce que tu es?

– Dans mon ranch.

– Quelle heure est-ce que tu as dit qu'il était?

– Presque neuf heures.

– Euh. J'ai dû m'assoupir.

– Où est-ce que je suis?

– Quoi?

– Où est-ce que je suis?

– Lucien, je suis sûre que si tu ne sais pas...

– Tu te souviens, il y a des années, la lessive New Blue Cheer?

– Oui...

– Ils en font encore.

– D'accord, vieux. Ça suffit.

– J'écoutais notre air d'autrefois, Suzanne.
– C'était quoi notre air d'autrefois?
– *My Girl.*
– Première nouvelle.
– Enfin, je l'ai écouté et c'était bien. C'était clair et bien.
– D'accord.
– J'exige de voir James.
– Tu devras démontrer à quelqu'un de neutre que tu en es digne.
– J'aurais dû te défoncer le crâne.
– Tu vois ce que je veux dire? En plus tu es dans un fuseau horaire complètement différent. C'est un caprice malsain. Ce serait déjà un comportement de malade si tu me le disais en face, mais là, c'est super malade. Et chaque fois que tu attaques mon avocat, tu apparais un peu moins bien aux parties neutres.
– Est-ce que je dois comprendre qu'il faut que chaque lèche-cul qui m'évalue doit me donner la médaille d'or sinon je ne peux pas le voir?
– Pour toi, c'est sans doute la meilleure façon d'envisager les choses. Tu n'as pas choisi James dans une portée d'animaux domestiques. C'est une petite personne qui a droit à la panoplie habituelle des droits de l'homme. Mon rôle sur terre c'est de veiller à ce qu'il les ait. Mon rôle c'est aussi d'être au travail dans environ sept heures. Il n'est pas neuf heures. Pas ici, pas là-bas. Nulle part. Je te quitte avant que tu ne t'enfonces dans un pétrin pire que celui dans lequel tu t'es déjà fourré. »

Elle raccrocha. Il n'y eut pas le choc du plastique noir, simplement un clic-clac. Elle avait raccroché normalement. Lucien se rendit compte qu'il ne l'avait pas agacée. Et brusquement, tout lui sembla évident. Ce qu'il venait de faire lui avait rendu encore un peu plus difficile de voir son fils. La journée avait été longue et maintenant c'était fini.

Il rappela.

« Excuse-moi.

– D'accord, j'accepte, salut. »

Lucien enfila son manteau, sortit et chercha à tâtons le fauteuil à bascule.

Il s'assit dans le noir, les mains dans ses manches, et regarda la silhouette grisâtre du bétail près du ruisseau. Il effraya un oiseau quand il commença à se balancer, et le bruit de papier de ses ailes maladroites près de sa tête le rendit nerveux. Il semblait être entièrement en dehors de la lumière de la lune, sauf ses chaussures qui brillaient, isolées, devant le fauteuil. Ses yeux allèrent des phalanges de sa main gauche à celles de sa main droite. Elles étaient un peu éclairées. Je suis toujours ici, se dit-il.

Avant la mort de son père, avant qu'il ait demandé à tout le monde de ne pas pleurnicher, des années plus tôt en fait, Lucien était allé pêcher à Bear Trap sur la Madison River avec son père, et deux types, Ben Rush et Andrew McCourtney. Chaque soir, son père et Ben Rush allaient au café où ils racontaient des histoires de pêche puis ils rentraient et cuvaient jusqu'au milieu de la matinée. Ils se réveillaient et racontaient d'autres histoires de pêche avec leur gueule de bois qu'ils soignaient avec du bourbon gardé au frais dans la glacière. McCourtney était un Irlandais fragile qui avait été commotionné par une bombe et son visage avait des mouvements brusques et involontaires. Andrew McCourtney buvait rarement parce que cela le ramenait à la Seconde Guerre mondiale, et il hurlait à propos d'appareils photo allemands piégés, de tireurs embusqués dans des châteaux bombardés et de faculté de droit : il s'était fait recaler à son examen d'avocat et il était devenu représentant de commerce pour le père de Lucien et Ben Rush, un ancien boxeur professionnel de Chicago.

Aussi, McCourtney se levait tôt alors que les deux autres dormaient encore et il réveillait Lucien pour l'emmener voir l'éclosion des éphémères ; et Lucien était totalement et indiscutablement heureux.

Le père de Lucien et Ben Rush aimaient jouer des tours à McCourtney et, une nuit, ils prirent Lucien à part. On va lui en faire une bonne, lui soufflèrent-ils à l'oreille : quand McCourtney viendra te chercher demain matin, dis-lui que tu n'as pas envie d'aller à la pêche ; dis-lui de trouver quelqu'un d'autre. Lucien resta éveillé longtemps après que les deux hommes se furent effondrés : la farce l'inquiétait. Il pensait que son père au moins savait ce qu'il faisait. Quand McCourtney arriva à la porte, il murmura : « Je n'ai pas envie d'aller à la pêche. Trouve quelqu'un d'autre. » Et McCourtney s'en alla.

Il attendit dans le campement que son père et Ben Rush se réveillent et il leur raconta ce qu'il avait dit à McCourtney. Aucun des deux hommes ne put se souvenir comment cela avait commencé. Quand McCourtney revint au camp avec sa canne à pêche et une bourriche pleine, Lucien s'empressa de lui expliquer la plaisanterie. « Ça ne fait rien, Lucien, nous partons ce soir. »

McCourtney n'était plus là, ni avec son visage lumineux aux crispations nerveuses, ni autrement. Son éloignement sembla à Lucien durer éternellement.

Ce soir, sur la galerie ventée, des éléments de l'obscurité commençaient à émerger à ses yeux qui s'habituaient. Il se dit : Je me demande si c'est la fin. Il réfléchit aux bonnes conditions de vie de son enfant. Je ne ferais pas mieux, pensa-t-il, et il rentra pour boire un verre. Pour trouver quelqu'un d'autre.

Quand il se réveilla, il entendit des moteurs de voitures démarrer de l'autre côté des rideaux. Il ne savait pas où il se trouvait. Il alla jusqu'à la fenêtre et vit un parking et au-delà le mouvement irrégulier de la circulation matinale. Il s'assit sur le bord du lit, prit le téléphone et appela l'accueil.

« Comment ça s'appelle ici ? demanda-t-il.

– *El Western*, dit la voix. C'est le *El Western*. Je peux vous aider ? »

8

Le grand vent bleu du nord se leva et franchit la High Line. Lucien alla en ville et acheta quelques cartouches pour son calibre seize. Il admira la ville pour sa symétrie dans la courbe de la grande rivière, pour sa gaieté enfumée face à l'arrivée du temps glacial. Puis il alla chasser les canards à un endroit où l'eau d'une source, après avoir formé une sorte de petit étang, s'éloignait en serpentant en un long ruban fumant vers la rivière à quelques kilomètres de là. Il suivit la berge et le froid très vif faisait de son crâne une carte en relief, il montrait l'os à travers la chair et lui rappelait que c'est le froid et non la chaleur qui est l'ordre naturel. Brusquement sa petite maison encadrée de blanc lui apparut comme une île pâle et courageuse dans l'éternité. Une personne ayant plus que lui l'esprit d'analyse en aurait peut-être conclu que cette solitude lui était bénéfique. Mais il était assez âgé pour savoir que la solitude, comme n'importe quel trouble, commencerait à s'installer.

Les canards s'envolèrent dans la brume avec un battement d'ailes dur et électrique, et Lucien tua deux mâles. La tête verte et les pattes orange, deux canards du nord, tellement lourds qu'on aurait dit de petites oies. Lucien ouvrit son fusil et les cartouches vides et fumantes tombèrent par terre. Ses conduits lacrymaux fatigués brouillèrent ses yeux à cause de la chaleur de la source. Il s'assit et pluma les canards, ce qui était facile car ils étaient encore chauds. Le duvet s'envolait et s'accrochait aux buissons roussâtres, et en peu de temps il eut deux morceaux oblongs, la chair rosâtre brillait à travers une couche de graisse couleur crème et la peau pâle et ridée. Dans la neige, à côté, il y avait les deux têtes identiques. Très haut, au-dessus de Lucien, de longs vols étirés en V qui semblaient dans la stratosphère, se dirigeaient vers le sud. Lucien pensa à son dîner et ne put s'empêcher de se rendre compte que ces deux-là ne s'en allaient pas.

Il mit les canards dans l'entrée et posa son fusil dans le coin, tout cela sans enlever son manteau. Puis il ressortit et se dirigea d'un pas lourd vers la volute de fumée à quelques kilomètres de là qui indiquait la maison du voisin. Il devait se faire des amis. Le voisin aimait peut-être le canard. Le mouvement de ses jambes dans la neige légère lui rappela un océan calme qui se brise sur un rivage de sable. Il se souvint d'avoir été ballotté dans l'océan près de la maison de son oncle dans l'Oregon, il se dressait pour voir la plage, puis se laissait retomber pour laisser libre cours à son esprit d'enfant avec le sentiment d'être perdu en mer; quelques brasses et il sortirait de la vague pour se retrouver sur la plage chaude où jouaient ses cousins bien-aimés.

Au lieu de ses cousins et de la mer, trente ans avaient passé, et il se dirigeait vers la triste maison de planches de son voisin. Ce dernier travaillait sur un camion qui se chargeait par l'avant, à côté d'un atelier installé dans un abri en tôle. De la graisse et des détritus avaient gelé sur tous les joints; ils avaient la consistance de la mélasse et le voisin les faisait sauter avec la pointe de son tournevis. Il ne tourna pas le regard vers Lucien quand ce dernier arriva. Lucien lui dit son nom et il fit un signe de tête. Dans le silence, une fermière énorme passa derrière la double fenêtre de la maison sinistre et disparut.

« Qu'est-ce qu'il a le camion? » demanda Lucien.

« Il marche pas.

– Je vois. »

Lucien regarda vers les corrals. Il y avait de petits groupes de bœufs éparpillés ici et là et, en dehors, une balle de foin déliée dans laquelle le fermier pouvait taper avec une fourche pour leur donner à manger. La fourche était plantée tout droit au milieu de la balle. Lucien était incapable de trouver quelque chose à dire en guise de bienvenue.

« Voilà, dit-il. J'ai décidé de m'arrêter pour, enfin, dire un petit bonjour. Je m'appelle Lucien Taylor. » Le voisin, Jerrold Carpenter, ne dit absolument rien. « Je suis votre nouveau voisin. » Cette fois Lucien perçut un léger haussement d'épaules sous la cotte de travail brune. Cela signifiait « Et alors? » Une légère chaleur s'éleva dans le cou de Lucien. Il décida de ne pas lui donner les canards.

« J'ai remarqué que votre moitié de clôture est en très mauvais état, dit Lucien. Il faut que ça change. »

L'homme s'arrêta de fouiller dans le cambouis et regarda Lucien. « Vous allez réparer ça cette année. Si vos vaches viennent chez moi, je les emmène sur la grand-route et je les laisse aller. J'ai aussi compris que vous aviez voulu accaparer l'eau. Cette année, en juin, je veillerai à ce qu'il y ait un vannage pour vous apprendre à arrêter de voler de l'eau. Je tiens à avoir ce qui me revient. Une dernière chose, ne mettez jamais les pieds chez moi sans ma permission. J'ai été heureux de vous rencontrer. Au revoir. »

Lucien descendit l'allée à pas lourds et retourna chez lui. C'était horrible. Il commença à se rappeler avec une précision étonnante comment il avait fini par rêver d'une vie dans le service à l'étranger, il y avait tellement d'années. Dans son rêve, il y avait un flot de mots et d'idées; il y avait des pieds qui démangeaient et une fièvre irrégulière. L'essentiel s'était évaporé dans un décor de dysenterie et de violations des droits de l'homme, le décor de son travail vide de sens se résumant à la distribution de brochures de propagande gouvernementale et à ses tentatives au goutte à goutte pour créer une famille avec un sentiment de plus en plus envahissant d'aliénation. Ayant grandi dans une petite ville, il n'appartenait absolument pas à la campagne qu'il connaissait et aimait, et il n'appartenait plus à la ville. A la radio, une jeune femme proposait un réfrigérateur cassé. « Idéal pour un fumoir. » Un bébé pleurait derrière elle.

Appartenir. Quel mot. Ça rend tout le monde complètement cinglé, se dit Lucien. Regardez les enfants, ils appartiennent à l'endroit où on les pose, et plus le temps passe, plus on les perd. Quel système. Traverse le Jourdain, mon cheval, quitte tout ça.

Quand il arriva à la maison, Lucien entra et téléphona au voisin. « Vous pouvez commencer à commander le matériel, dit-il. Vous aurez un sacré bout de clôture à faire au printemps. » Il s'assit à la table de la cuisine et poussa de puissants appels de canard sur un appeau qu'il avait creusé dans du bois d'arc en classe de menuiserie. Il poussa des cris d'alerte, d'appel et de nourriture. Sadie penchait la tête et écoutait.

La neige volait autour des compteurs de fuel ; au bout de Main Street, la chaîne de montagnes Absaroka, qui avait l'air de garder ses distances dans une température plus chaude, semblait agressivement proche. Une femme se frayait un chemin pour sortir d'un magasin d'occasions avec une lampe de table ; l'abat-jour se tordit brusquement dans le vent et elle alla jusqu'à sa voiture à reculons en tenant la lampe dans les bras. Son écharpe de rayonne battait frénétiquement.

Lucien portait une salopette et une veste de camouflage pour la chasse au canard. Il essayait de se dire : Pour l'amour de Dieu j'y vais, chaque fois que quelqu'un passait près de lui ; mais il se rendit bientôt compte que l'espace qui le séparait des autres était moins défini qu'il ne l'avait espéré. Il imagina qu'ils avaient peut-être un meilleur endroit où aller que lui. Certains, qu'il connaissait, avaient d'énormes antennes paraboliques de télé près de chez eux et ils en savaient bien plus sur les milices chiites et druzes qu'il n'en saurait jamais. Je suis complètement perdu, se dit Lucien, complètement.

L'hiver arriva comme une suite de couleurs en demi-teintes ; Lucien peignait avec application les valeurs qui pâlissaient. En mars, quelque chose devint tout à fait évident : Lucien n'avait aucun talent. Boire et courir les femmes lui sembla la seule solution. Aussi, brusquement, le solitaire mystérieux quitta son ranch pour devenir un pilier de bistrot. Il apprit à dormir sur le juke-box. Il ramenait souvent ses compagnes à la source bleue, où ils jouaient, se trempaient et se traînaient dans la boue chaude pour faire l'amour comme des ivrognes. Toute tentative joyeuse ne faisait qu'enfoncer plus profondément la partenaire dans la boue. Grogner en pataugeant pendant que ses membres faisaient des bruits de succion, Lucien s'en rendait compte, était une façon de briser la glace pour les filles les plus timides. Lucien espérait un jour transformer l'endroit en source thermale. En avril, il l'échappa belle quand une petite brune s'enfonça dans la boue et disparut. Il dut la rechercher avec un gros piquet pour la sauver, puis il l'emmena en ville et on ne voyait plus que ses yeux : il avait eu peur de la rincer dans la source chaude et sans fond et de ne plus la revoir. Même s'il était difficile de le remarquer sur le moment, elle avait une forte personnalité. Son père avait l'âge de Lucien ; il les rencontra à la porte et il mit Lucien en bouillie. Cette nuit-là, Lucien dormit dans la caverne des clochards près de la rivière. Il regarda fixement les douzaines de cerfs qu'avaient dessinés les Indiens et il se souvint qu'il voulait peindre.

Pendant la nuit, le froid vif s'était arrêté; les glaces du fond descendirent les canaux bleus et s'entassèrent sur les bancs de gravier où elles firent en milieu de journée des amas étincelants. Lucien gara sa voiture et laissa tourner le moteur et le chauffage. Il regarda en dessous de l'enrochement de la route dans un trou profond où la glace montait des fonds très froids en longs dômes brillants. Il se rappela quand il pêchait près de Boca Chica Key en Floride, quand les avions à réaction de la Navy faisaient le plein derrière les mangroves. Il faisait une chaleur infernale sur les hauts fonds et, à travers la végétation recouverte de guano, on pouvait sentir le kérosène chaud des jets et le bitume. Il imagina que le ventilateur bruyant du chauffage de la voiture étaient les vents de Sud-Est et il alluma un cigare. Quand James était tout petit, Suzanne et lui étaient allés à Green Turtle Cay. Lucien se rappela leur traversée d'Abaco Sound en ferry, près d'un tas de tableaux imperméabilisés, représentant *la Cène*, déposés parmi les provisions de l'île pour Noël. Ils suivirent la rue principale de la ville de New Plymouth sous les guirlandes d'ampoules électriques qui illuminaient la nuit, et ils écoutèrent les chœurs qui chantaient dans les églises minuscules de la ville. Lucien emmena James dans la prison abandonnée qui n'avait qu'une seule pièce, puis il le laissa grimper sur les anciennes tombes de corail décorées de coquillages. Les dames passaient dans la chaleur de l'hiver en tenant de petites bibles noires, la tête recouverte d'une coiffure abondante, signe d'une vie aimée sur la terre où la mer chaude rendait l'homme content et stupide. Plus tard, quand les côtes accueillantes avaient attiré sur les plages parfumées tous ceux qui se sentaient bien, Lucien était retourné dans le Nord gelé pour un peu d'auto-immolation, de sacrifice et de méchanceté. Pourtant, la meilleure chose de l'année avait été d'apprendre à James à ouvrir les noix de coco avec un tournevis, cela dans une année de promotion professionnelle et de réussite politique. Il ne se demandait pas comment s'en sortir. Il ne pensait pas à sortir des services du ministère des Affaires étrangères avec un roman d'espionnage ou une dispute bien médiatisée avec le Congrès ou le Président. Les noix de coco, le tournevis et son fils se détachaient au-dessus de toute autre préoccupation, grande ou petite. Mais sa femme avait fini par paraître bienveillante; et tout le monde sait à quel point cela est efficace contre une rivale. Quand Emily fut inculpée, Lucien s'en alla avant même de savoir ce qui lui était arrivé. Plus tard, il sembla devenir fou quand son inconscient lui assena les coups qu'il méritait amplement. Souvent, un homme qui montre des signes de souffrance à l'état brut – en bavant, en riant comme un fou, en se saoulant en public de façon scandaleuse – souffre vraiment, sous la surface, de quelque chose de très compliqué; dans le cas de Lucien, toutes ces horreurs filandreuses qui lui avaient volé sa famille faisaient de lui un être qu'on tient à la chaîne à ses risques et périls. Mais il se calmait lentement; tout d'abord le calme de la défaite, puis le calme de la léthargie que produit la défaite. Cependant, avec l'aide de Wick Tompkins, il y eut un changement. Peut-être un grand changement pour transformer en mensonges toutes les erreurs passées.

« Suzanne, je t'appelle pour des raisons strictement professionnelles. J'ai besoin de ton aide pour quelque chose de très particulier.

– Qui est-ce ?

– C'est Lucien, dit Lucien avec un ton d'une patience inutile.

– Qu'est-ce que je peux faire pour toi, Lucien ?

– Qu'est-ce que tu portes en ce moment ? »

Elle raccrocha et il dut recomposer le numéro et s'excuser, en expliquant que ce n'était qu'une plaisanterie.

« Je veux monter une affaire avec ma source chaude, dit-il. Personne ne voudra croire en mon idée. Mais toi tu y croiras. Les autres vont me prendre pour un dingue.

– Tu as raison, dit Suzanne, le genre de femme dont rêvent les hommes sains. Je te l'achèterais sans doute.

– Suzanne ! Je veux que tu reviennes. Je veux que James et toi vous reveniez ! Je ferai n'importe quoi ! » Il n'y avait aucun soupçon de mensonge dans la voix de Lucien. « Je vois les choses clairement maintenant !

– Absolument pas ! »

Il savait qu'elle dirait cela, mais il fut envahi par un désir sauvage et spontané qui ignorait le refus prévu.

« Est-ce qu'on ne peut pas essayer ?

– Lucien, je ne crois vraiment pas. J'ai perdu mon célèbre optimisme. Et regardons les choses en face, tu n'as rien fait depuis que tu es revenu au Montana.

– Je ne le crois pas.

– En plus, je ne me sens plus suffisamment optimiste pour me sentir seule.

– Tu n'as pas de raison de te sentir seule. Nous pouvons essayer de recommencer.

– Ce que je veux dire c'est que je ne me sens plus seule. »

Lucien ressentit une douleur au cœur et au bas-ventre, tous les signes. Il avait bien fait de téléphoner. Mais même lui, malgré l'élan que lui avait donné la longue vague de la révélation, se rendait compte que cela ne le menait nulle part.

« Il neige toujours! » s'écria-t-il.

Un autre appel n'apporta rien de plus.

« Toi, James et moi, nous pourrions avoir une vie très agréable ici. James grandirait dans le ranch.

– Dans *ce* ranch?

– Oui...

– Oh, Lucien. »

En y réfléchissant, il était un peu tôt pour envoyer des invitations, même à Suzanne et à son fils. Suzanne avait raison, il n'avait pas un passé fameux. Mais il avait le sentiment qu'il pouvait changer tout ça. Il savait qu'il devait le faire.

Le printemps arriva enfin, et avec lui une joie nouvelle. Une joie nouvelle qui entraîna Lucien sur la route de la bonne tequila; et ça se termina par une hernie hiatale à cause des vomissements. Parfois, la nourriture, même bien mâchée, semblait se coincer avant d'avoir atteint son estomac, quelque chose de très inquiétant. Il avait lu des histoires de gens riches qui s'étouffaient avec de gros steacks, qui mouraient sous les yeux du maître d'hôtel, et il ne voulait pas finir comme ça. Avec sa nouvelle joie, il ne voulait pas finir du tout.

Il était tellement content et excité qu'il retrouva Dee, son ancienne amie. Ils remplirent une glacière de boissons et de sandwiches, des choses merveilleuses qu'elle avait préparées elle-même, et ils allèrent au *drive-in*, un vieil établissement en ciment assez beau qui se dressait devant les grandes montagnes du désert ; on y projetait un film devant un parking étonnamment petit, par une nuit de printemps. C'était un *drive-in* tellement ancien que, dans cette bonne petite ville, ce devait être une des premières choses qu'on avait construites, avec les obstacles pour barrer le passage des bisons, et le bar préféré de Calamity Jane. Quand Lucien apprenait à fumer, ce qui était aujourd'hui une de ses habitudes les plus dégradantes, il montait dans la cabine de la projectionniste. C'était une femme dans la soixantaine, elle retirait les tiges de carbone rougeoyantes du projecteur pour allumer la cigarette de Lucien.

Aujourd'hui, tant d'années plus tard, il était à nouveau garé dans cet endroit solitaire, au milieu d'une rangée qui ne comptait pas vingt voitures. On a drôlement tapé dans la glacière, se dit Lucien, et maintenant il n'y a presque plus rien. La voiture était devenue un endroit très privé où Lucien ne voyait plus bien la réalité. Il avait cessé depuis longtemps d'essayer de comprendre ce que Fred MacMurray faisait sur cet écran, et il regardait à travers la fumée de sa pipe un jeune type roux couvert de taches de son avec un sac de vendeur de journaux.

Le moteur tournait pour tenir leurs corps nus au chaud et Lucien le sentait vibrer à travers la housse du siège. « Il est encore un peu tôt dans la saison pour ouvrir un *drive-in* », dit-il. S'ils étaient assis à chaque bout de la banquette c'était parce que Lucien avait appris que Dee avait ses règles et cela le rebutait. Il n'arrêtait pas de quitter Fred MacMurray des yeux pour regarder d'un air perplexe le petit cordon blanc, en essayant d'imaginer ce qu'il fallait faire. Elle était assez dégoûtée parce qu'il faisait le difficile. Il éprouvait la délicatesse d'un gosse de la ville confronté à sa première fille solide de la campagne. Et ça ne l'aida pas quand elle lui fit signe de s'approcher d'elle, avec le même geste que les ours du zoo quand ils réclament une cacahuète. Pourtant, il était évident qu'il allait devoir passer aux actes.

Il se pencha sur elle et prit dans sa main le poids chaud d'un sein. Puis il sauta à moitié pardessus elle et saisit le cordon entre le pouce et l'index. Tout d'abord ça refusa de venir; puis ça sortit d'un seul coup et le tampon resta là, pendant entre eux comme un rat. Elle plissa le nez et lui montra la fenêtre. Lucien le lança mais le cordon et le poids véritable étaient tels qu'il vola trop loin et atterrit sur le pare-brise d'une autre voiture. Lucien regarda, vraiment effrayé. Il était resté collé juste au milieu du pare-brise. Tandis que Lucien regardait, l'essuie-glace se mit en route et le heurta sans le déplacer beaucoup; l'essuie-glace revint et repartit, mais cette fois il le fit glisser en haut du pare-brise où, tout le monde s'en rendait compte, il allait rester.

Alors la portière s'ouvrit et un type taillé comme un boxeur avec un chapeau de cow-boy sortit de la voiture et commença à regarder tout autour. Lucien sentit ses organes se contracter de façon dramatique, un vieux signe avant-coureur de fuite. Le grand cow-boy allait carrément de voiture en voiture pour regarder à l'intérieur de chacune et pour poser calmement quelques questions. Quand il ne fut plus qu'à une voiture de la sienne, Lucien sentit qu'il devrait passer en première. Un instant plus tard la voiture démarra en trombe, en lançant des graviers tandis que le cowboy hurlait : « Ma fiancée est là ! Elle ne veut pas savoir ce que vous faites ! » Peu de temps après, Lucien filait à toute vitesse, nu et alerte, tandis que les lumières dorées de sa voiture éclairaient le sud du canyon. « C'est ça la vie ! s'écria-t-il. Ils peuvent se le garder, leur Fred MacMurray ! » C'était le premier film qu'il avait vu de l'année.

Le lendemain matin, tout était différent ; un autre jour commença avec la question : Où suis-je ? Cette fois, il se trouvait au ranch. Il commença aussitôt à se souvenir des événements de la nuit précédente ; maintenant, ils étaient évidemment dépourvus de la joie qui les avait fait naître. Lucien sentit la chaleur de la honte lui envahir la nuque et lui consumer tout le visage avec l'angoisse brûlante et cuisante du remords. Quelque part en Lucien, il y avait un reste de puritanisme qui refaisait surface lors de matins comme celui-ci et qui aurait convaincu certains de ses ennemis qu'il finirait par payer. Allongé dans son lit, baigné par la lumière de cette fin de matinée, il pensa que les veines de ses mains ressortaient trop et que la peau de son crâne le démangeait. Sa bouche, auparavant spirituelle, était une coupe d'ordures variées ; et sa pauvre vieille queue était un sinistre souvenir d'infamie et d'égoïsme. Il frissonna et tira les couvertures autour de son cou, un mouvement qui eut comme seul résultat de découvrir son chien et ses pieds. Il haïssait ses pieds, deux grandes pagaies blanches. Ce n'était pas les honnêtes pieds arqués et sombres des vraies personnes, mais les pagaies blanches et écartées des inutiles. Il traversa l'entrée en chancelant jusqu'aux toilettes et s'assit. Son intestin se vida si violemment que son chien courut se cacher quand le jet d'eau décolorée lui jaillit du cul pour tomber sur la porcelaine. « Quelle est l'heureuse fille qui va m'avoir maintenant ? » marmonna-t-il à haute voix. Quand il eut gagné le lavabo et qu'il put se voir dans le miroir, il ne fut pas réjoui. Il avait le visage blême. Ses cils semblaient espacés irrégulièrement. Il y avait des ombres gris-vert au fond de chaque ride et de chaque pli. Quand il appuya sur ses dents, une incisive sembla lui envoyer un petit signal rouge de douleur dénué de sens. On devrait se liquider tout de suite, pensa Lucien. Mais qui donnerait à manger à Sadie ? Qui mettrait les granulés enrichis aux vitamines dans le petit bol de ma fifille ? Qui lui donnerait à boire et qui irait la promener avec son collier spécial en dehors de la saison de chasse ? Les yeux de Lucien se remplirent de larmes. Il savait qu'elle avait besoin de lui, que personne d'autre ne se souviendrait de sa façon de marquer l'arrêt et de rapporter. On la prendrait pour un cabot blanc et marron sans maître. Ce serait encore plus triste et plus écœurant qu'Old Shep. Comment est-ce que Sadie me regarderait mourir ? Avec un mélange d'orgueil et d'épouvante, je suppose. A cette pensée, Lucien rit lamentablement. Par-dessus tout, il voulait grandir. Mais aujourd'hui, il allait faire quelque chose à ce sujet.

Tompkins déboucha au coin de Callender. Il portait un pardessus à chevrons avec un col de velours et un chapeau de John B. Stetson. Avec sa cigarette, il indiqua à Lucien un escalier qui donnait sur la rue. Ils le montèrent et ouvrirent la porte dans le mur de brique apparemment ancien. A l'intérieur, il y avait une simple salle à manger. Une petite cuisine n'en était séparée que par une demi-porte. Une Chinoise y faisait la cuisine.
« J'ai du très bon whisky pour nous, Lucien.

– Le goût m'est égal du moment que ça tue les cellules du cerveau et que ça me fout la mémoire en l'air. »

Wick prépara deux verres bien tassés sur une desserte et il les tendit silencieusement par-dessus la demi-porte jusqu'à ce que la Chinoise les remplisse de glace. Il les rapporta sur la table et s'assit.

« C'est quoi ici?

– C'est la salle à manger. Nom de Dieu de merde, je ne peux pas manger comme les gens d'ici. Je ne crois pas à la vie éternelle. Et il faut croire à la vie éternelle pour manger comme ces cons. »

Lucien contemplait les murs de la haute pièce. Ils étaient peints de couleur ocre et des moulures de pin ancien entouraient le plafond. Quelqu'un l'avait peint d'un bleu saisissant et, plongeant dans ce bleu, il y avait tous les magnifiques faucons des Rocheuses, les plus communs en tout cas; du plafonnier, qui servait de soleil à midi selon cette métaphore, s'élançait un terrifiant faucon de prairie dont les plumes éclairaient d'un éclat martial le piqué vers la terre.

La Chinoise vint poser sur la table de la soupe aux poireaux, de délicieuses brochettes et un bol de bœuf grillé. L'essentiel de la lumière qui éclairait la pièce entrait par les impostes; c'était une lumière venant de la partie supérieure du ciel et elle semblait filtrer toute la vie qui entourait la bâtisse. Dans cet isolement, pensa Lucien, on doit décider des choses, accepter la qualité aérienne de sa situation.

« J'ai téléphoné à ma femme.

– Ce n'est plus ta femme.

– J'ai téléphoné à Suzanne. Elle n'a pas l'air d'avoir envie de venir. Pour le moment.

– Pourquoi venir ici?

– Je sais.

– Est-ce que tu vas faire quelque chose? demanda Wick sur un ton de défi.

– Je vais démarrer quelque chose d'énorme, répliqua Lucien.

– Quoi?

– Je ne sais pas, mais j'en serai très fier. » Dans le visage de Lucien il y avait l'éclat et la fierté de celui qui vient de marquer un but. Il était important de rembarrer un peu Wick. « Je vais embraser le monde.

– Lucien, c'est moi, Wick.

– Les gens viendront de kilomètres à la ronde », continua-t-il, en essayant de garder son enthousiasme.

Wick se leva et contempla Lucien les sourcils baissés; ce qui semblait dire : Je sais, tu en es capable. C'était un regard artificiel. « Il faut que je parte, dit-il. Crois-le ou non, j'ai un client. Finis de manger et ne baise pas la cuisinière. »

9

L'idée commença à faire son chemin. Plus vite que la nourriture chinoise. Lucien se dirigea vers la banque, où il resta étrangement vague devant un vice-président qui reconnut que le ranch avait de la valeur et que le prêt que demandait Lucien serait tout à fait garanti. Cependant, quand Lucien dit : « Je me sens tout simplement perdu, j'espère qu'un gros emprunt créera une crise utile », il vit que le banquier était inquiet mais qu'il refusait d'envisager un détournement de fonds ou tout autre chose qui rendrait de l'oxygène à son atmosphère. Malgré son brushing en dégradé, le banquier gardait une tête de chien battu ; et en surface rien ne changea quand Lucien ajouta : « Je sais que tout ça repose sur le fait que vous allez me jeter dans la jungle des taux d'intérêts usuraires. Mais je ne vois pas ce qui vous excite à ce point-là, quel que soit le résultat. Ce n'est pas que je n'apprécie pas ! » Il secoua le gros chèque en signe de gratitude, il ressortit et sa voiture lui donna la promesse absolue de devenir une fusée ou une bombe.

Avant de se lancer dans l'aventure, il voulut revoir la source encore une fois. Il conduisait sur une grande route recouverte de plaques de neige tassée par les roues des voitures ; il monta entre les dépendances, passa devant la maison où Sadie sautait la fenêtre. Il continua sur la piste d'argile défoncée, jusqu'à la source. Il ne descendit pas de voiture. Il resta assis et écouta le bulletin sur le bétail à la radio et contempla les volutes de vapeur qui s'élevaient du grand œil bleu qui le regardait depuis sa jeunesse. Autour de la source, la vapeur avait minéralisé le paysage, les branches des arbres. Les minéraux, Lucien le savait, rapportaient énormément. La source était une profonde pénétration d'eau chaude et agitée aussi bonne que le liquide amniotique l'est à un enfant qui se développe. Tout ce que j'ai à faire, se dit-il, le gros chèque le brûlant dans sa poche, c'est de livrer la marchandise. Il se sentait déjà mieux, presque monstrueux.

On apporta les bâtiments des environs et de plus loin : une écurie du Missouri abritait le bassin principal. On disposa des meubles de ranch-hôtel des années vingt sur le périmètre d'ardoise de la source qui dissimulait les anciennes berges boueuses, là où Lucien avait si souvent pataugé pour oublier ses chagrins. Une allée en bois de cèdre parfumé conduisait à une cabane de montagne trouvée à Silver Star dans le Montana ; l'ami de Lucien, le chef Henchcliff, préparait les repas qui avaient fait de lui une légende régionale. Les cabanes des versants de Kid Royal Mountain et des hautes prairies de Froze-to-Death furent démontées, transportées et reconstruites en petites maisons pour abriter des chefs d'État, de jeunes cadres dynamiques, des nénettes hystériques et diverses autres personnes incroyablement riches qui erraient dans les endroits chics en fonction des saisons.

Mary Céleste avait installé son centre de soins par lavement dans un atelier de forgeron d'autrefois, qui était aussi relié à la source ; sur les murs il y avait des quantités de serpentins de verre dans lesquels s'écoulait le transit gastro-intestinal de ses clients ; elle pouvait distinguer l'alcool de l'eau, la betterave des saignements d'ulcère et une diarrhée bactérienne d'une mauvaise cocaïne. Elle avait l'âme d'un guérisseur indigène et aucun sens de l'humour.

Le paysage était recouvert par la sauge et le genévrier d'origine, avec des allées de gravier. Le parking était dissimulé dans un ravin et le terrain d'aviation sur un plateau bas où, quand il était enfant, Lucien avait vu le cheval perdu.

Le vieux McCourtney était portier, un vieil Irlandais traumatisé au visage tacheté. Il portait des costumes anglais et indiquait la réception d'une main tremblante. Comme il avait l'air trop vieux et trop fragile pour se battre, il faisait un videur parfait en fin de soirée, en jouant sur les remords des ivrognes. Lucien avait renoué avec lui à l'enterrement de son père où il avait refusé les gémissements ; McCourtney se tenait à l'écart parmi les vagues connaissances. A l'époque, Lucien n'avait pas eu grand-chose à dire, tandis qu'il serrait le bras de sa mère juste au-dessus du coude en espérant que ça se passerait bien. A l'enterrement, Lucien dit : « Si jamais tu as besoin de moi, téléphone-moi. » Elle n'avait jamais téléphoné.

Lucien eut beaucoup de problèmes parce qu'il vivait dans un endroit que ses amis voulaient visiter sans leur femme. Quand Lucien eut la Source Chaude, on renoua des amitiés tombées dans une désuétude sinistre. Ils l'aimaient et ils aimaient ses eaux curatives! Ils rangeaient leur voiture sur le gravier blanc, se baignaient et demandaient des réductions. A la radio, une chanson parlait d'une des seize vestales qui se dirigeaient vers la côte. C'est la vie, pensait Lucien, c'est le long tunnel. Quand elles sont dans ma Source Chaude, les femmes sont pleines d'entrain, avec une joie qui leur donne envie de se reproduire. Les clients sont attirés comme des mouches. Des réductions pour des malades mentaux!

Parmi les clients de Lucien, beaucoup retenaient son attention : un parvenu malchanceux, des femmes cow-boys, des guides écologiques, un ingénieur en géothermie qui expliqua à Lucien ce qui ne marchait pas avec sa source, comment elle allait se tarir, etc., un hindou, un jockey qui s'appelait « demi-portion », et ainsi de suite. Il y avait un gangster en retraite avec sa collection de madones et ses prières. Le samedi soir, dans les toilettes près du bar, le tintement cristallin de l'urine était comme un carillon de bonne humeur venant de WC heureux.

Lucien appela Suzanne et lui décrivit sa réussite. L'été serait beau à l'ouest.

Puis Suzanne appela Lucien, une nuit très tard, si tard que Lucien se demanda un instant où il était. Il avait accroché une veste de sport à la colonne du lit pour la porter chez le teinturier le lendemain; pendant un moment il crut que c'était la veste qui l'appelait. Sa chienne se dressa et s'étira lentement en arquant le dos, pas inquiète de commencer la journée au milieu de la nuit.

« Qu'est-ce qu'il y a ?

– Je suis désolée de t'appeler si tard, mais je suis tellement perdue que je n'arrive pas à dormir.

– Ça ne fait rien. Je t'en ai fait autant souvent alors que j'étais saoul. »

Brusquement, le silence à l'autre bout de la ligne se remplit de sanglots. Lucien se redressa pour s'adosser à la tête du lit. « Qu'est-ce qui se passe ? demanda-t-il. Suzanne, qu'est-ce qui se passe ?

– Lucien, je ne sais pas. Je tourne en rond. Je m'épuise à essayer de travailler, à ne pas me faire dépasser par James et je tourne absolument en rond. Et tu me manques. Tout d'un coup tu es fort et moi je rate tout. »

Lucien souffrait beaucoup. Suzanne lui manquait aussi ; mais ce qui lui manquait ce n'était peut-être que leurs anciens espoirs, maintenant bien lointains.

« Qu'est-ce que je peux faire ? demanda Lucien. Je suis prêt à faire n'importe quoi.

– Ne raccroche pas.

– Je ne vais pas raccrocher.

– Voilà. Je crois que ça va mieux.

– Tu n'as toujours pas rencontré quelqu'un de bien ?

– Oh, bien sûr. Il y en a partout. Et toi ?

– Eh bien, tu sais tout à propos d'Emily, dit Lucien en reprenant sa respiration. Après, j'ai fait bien attention à rester mobile, tu sais. Le vieux truc de la cible mobile.

– A propos de cible, tu as eu une sacrée chance de ne pas en devenir une pendant qu'elle était encore là.

– Ça suffit avec ça, Suzanne. Cette fois, je ne plaisante pas.

– Excuse-moi », dit-elle d'une voix misérable. Lucien éteignit la lampe et resta dans l'obscurité en serrant le téléphone silencieux. Ils auraient pu être dans la même pièce.

« Pourquoi est-ce que tu ne prends pas tes affaires pour venir passer quelque temps ici?

– Je ne sais pas. J'ai des parents un peu partout ici.

– S'il te plaît.

– Tu me présentes un plan acceptable et nous verrons. »

C'était la Suzanne dont Lucien se souvenait le mieux. Touchante, facile à émouvoir, douce et rapace. Quand elle raccrocha, il resta sans bouger, épuisé et fou de joie. Il eut du mal à se rendormir. Il y avait du clair de lune. Mais quand il se réveilla le lendemain matin, il se sentit nerveux et ne voulut pas prendre de petit déjeuner.

Lucien faisait quelque chose de très acceptable pour tout le monde : il faisait des affaires en or. Il ne savait pas très bien pourquoi cela produisait un effet aussi miraculeux sur l'idée qu'il avait de lui. Après tout, la même vieille âme délabrée vivait toujours dans le monstre bien soigné que Lucien était devenu. Cela ne réveillait même pas son cynisme. Je dois reconnaître, se dit-il, qu'ils m'aiment beaucoup plus maintenant que je suis un riche fils de pute. Et sa sensation de vide avait disparu elle aussi. C'était étrange de ne pas sombrer dans le désespoir. En fait, le désespoir lui manquait maintenant qu'il n'en avait plus. Il l'avait accompagné comme un vieil ami et avait créé pas mal de pétard. Cependant, Lucien savait qu'il avait connu une des expériences favorites de l'humanité, celle qui consiste à passer du jour au lendemain des guenilles à la richesse. Mais des questions le harcelaient : suis-je un autre homme? Pourquoi m'aiment-ils? Suis-je secrètement le même genre de merde, le même vieux clodo qui s'attire des tempêtes de mépris sur la tête? Est-ce que c'est ça le rêve américain?

Il recommença à essayer de rapprocher Suzanne et James de lui. Il leur demanda s'ils voulaient revenir et obtint un non. Il leur demanda s'ils voulaient juste venir et « faire un essai ». Ça ne marcha pas non plus. Elle était manifestement sérieuse quand elle parlait de plan. Ce n'est qu'en proposant ce qui était en fait des vacances payées à l'avance qu'il avança un peu. « Il faut que ce soit assez court, dit Suzanne. Je ne veux pas être là-bas avec James quand Emily reviendra. Elle doit avoir la gâchette facile. »

Lucien eut un rire chaleureux et connaisseur, comme le copain de l'animateur d'un débat télévisé. « Non, non, non, dit-il d'une voix chaude. J'ai bien peur qu'on ne la revoie plus.

– Je te parie que tu en as un million comme elle en réserve », dit Suzanne.

Tout d'abord, il n'y a rien de plus joyeux qu'un aéroport des montagnes Rocheuses en été. Rien. Lucien se tenait au milieu de la petite foule qui attendait les passagers, et il regarda le gros jet tourner devant les étendues étincelantes couvertes de sauge et s'avancer vers la rampe. Lucien reconnaissait beaucoup de gens dans le groupe et il les saluait cordialement d'un signe de tête comme quelqu'un qui a du bien ou au moins quelqu'un qu'on ne peut pas déranger à la légère. Peut-être certains se souvenaient-ils du Lucien d'autrefois et peut-être considéraient-ils son attitude actuelle comme un comportement stupide.

Et les portes s'ouvrirent. Les gens descendirent de l'avion et entrèrent dans l'aéroport. Ils ne cessaient d'avancer, les inconnus. Et il les vit ! James dans des chaussures de clown à damier, des lunettes épaisses et un sourire effrayé. Près de lui marchait Suzanne, la même grande fille aux yeux bruns qu'il n'avait pas comprise pendant si longtemps. Sur son visage, les contradictions de cette arrivée se transformèrent en sourire forcé. Elle portait un sac de paille et avait une main posée sur la nuque de James.

Lucien était éperdument amoureux. Il n'avait jamais été autant amoureux de toute sa vie.

10

Lucien alluma une cigarette. Il avait presque cessé de fumer; mais la source était un succès et maintenant il fumait comme un pompier. Il était à nouveau dans le bureau de Wick Tompkins, il se sentait à l'abri dans cette atmosphère de club avec le clic-clac rassurant du clavier de l'ordinateur dans la pièce voisine.

« Je remercie le Seigneur d'avoir retiré mes pieds fatigués de ce long chemin de solitude, dit Lucien.

– Tu as l'air content de toi.

– Ils sont revenus.

– Tu n'as rien d'autre à me dire.

– Eh bien, Wick, je me demandais comment il se faisait que j'étais devenu si malin et si riche. »

Tompkins regarda un tas de livres à couverture verte marqués par de nombreux morceaux de papier. « Ce doit être quelque chose que tu as mangé, dit-il. Où se trouve la petite famille?

– Je les ai laissés dormir.

– Ça par exemple, où les as-tu laissés dormir?

– Je les ai mis dans le Pavillon blanc, celui qui a une cabine et une pataugeoire.

– Et pourquoi pas avec toi?

– La vérité c'est que je ne sais pas du tout si le Seigneur m'a vraiment retiré de la longue route solitaire. Suzanne considère strictement son séjour comme des vacances. Et mon fils me regarde de très loin.
– Ils restent combien de temps?
– Deux semaines. Peut-être plus. Tu sais, si je sors le tapis rouge. Mais ça, je ne peux pas le faire au téléphone. Il faut vraiment que je m'active. Je suis amoureux.
– De qui?
– De Suzanne.
– Tu rigoles.
– Non.
– Tu te fous de moi?
– Non, dit Lucien. Je suis tombé amoureux dès que je l'ai vue. Hier soir, à l'aéroport.
– Laisse-moi te dire une bonne chose: j'approuve en gros. Est-ce que tu me garderas comme avocat?
– Oui, dit Lucien. Quand ce sera nécessaire. »
Lucien n'avait plus faim. Il comprenait que cela ne pouvait pas durer mais il se sentait autoritaire, satisfait et égoïste. Pour lui, cela faisait un beau tableau. Il se leva. « Je m'en vais, dit-il. Il est plus de dix heures. Ils doivent être levés maintenant.
– Comme tu veux, dit Wick. Il faut que je fasse entrer huit heures facturables dans les prochaines quatre-vingt-dix minutes, puis j'irai déjeuner.
– Tu es comme un frère pour moi, dit Lucien.
– C'est ce que je crois comprendre, dit tristement Wick. Appelle-moi quand le toit s'effondrera. »

Lucien alla voir Suzanne et James au Pavillon blanc. Il franchit le portail dans le mur de bois qui donnait une intimité à l'endroit. Suzanne lisait sur une chaise longue, les cheveux attachés en arrière, ce qui dégageait la ligne un peu tortueuse de la naissance des cheveux, que Lucien n'avait jamais aimée mais qui était une des nombreuses choses que les gens trouvaient jolies en elle. James avait de l'eau jusqu'aux genoux dans la pataugeoire. « Bonjour ! » dit Suzanne. Elle posa le livre sur ses genoux, la couverture vers le haut. Lucien alla jusqu'au bassin où James lançait de l'eau entre ses mains, en observant Lucien avec crainte. Lucien mit un genou à terre et prit James rapidement dans ses bras.

« Aïe ! dit James. Mon coup de soleil. »

Suzanne se leva et pendant un instant Lucien put voir la forme de son corps dans les lanières croisées de la chaise longue. Le livre était un guide de voyage aux Seychelles. Lucien se demanda si elle avait prévu d'y aller avec quelqu'un.

« Papa, dit James, tu veux me voir faire un demi-tour ?

– Bien sûr. »

James battit l'eau jusqu'au bout de la pataugeoire, fit demi-tour et revint vers Lucien sous l'eau. Quand il ressortit, une expression d'orgueil passa brièvement sur son visage ruisselant d'eau ; puis elle disparut.

Suzanne revint sur sa chaise longue avec un verre d'eau glacée. Lucien s'assit un peu maladroitement à côté d'elle, sur une chaise de cuisine, en posant les bras sur le dossier. « On pourrait peut-être prendre quelqu'un pour s'occuper de James et dîner ensemble ?

– Non, dit-elle.
– Très bien. Peut-être une autre fois. »
Lucien n'obtint pas de réponse. A la place Suzanne dit : « Je me demande si demain, James et moi, nous pourrons emprunter une voiture. Je veux aller acheter un peu d'épicerie.
– La petite kitchenette est pratique, hein ?
– James et moi, nous allons y manger.
– Bien sûr. Tu n'as qu'à sonner Antoinette, c'est ma secrétaire. Elle trouvera quelqu'un pour vous emmener en voiture.
– J'aurais préféré avoir une voiture pour nous.
– C'est facile à arranger.
– Merci.
– James, dit Lucien, est-ce que je vais te revoir après ?
– Demande à maman », dit James timidement. Lucien pensa qu'il était temps de partir. Quand il sortit, Suzanne était replongée dans la lecture de son livre sur les Seychelles. Il referma le portail et l'entendit s'écrier : « Au revoir, Lucien ! Merci pour tout ! » Puis sur le ton de la conversation : « Je crois qu'il est parti. »
A la place, il dîna avec Dee. Ensuite, ils allèrent danser et boire beaucoup au club. Une partie de poker illégale s'engagea et on mit tout le monde à la porte vers onze heures. Lucien ramena Dee à sa voiture garée sur la berge.
« Ce soir, pas question de baise, dit-elle.
– Je suis bien d'accord », répondit-il, et ils se séparèrent. Il l'aimait bien, Dee.

« Reste où tu es », dit la voix, douce mais suffisamment claire, depuis la haute chambre de bois où Lucien avait passé la longue nuit ; la pluie frappait les vitres horizontalement devant son oreiller. Les éclairs de chaleur tombaient dans les champs de foin couverts de brume qui entouraient la maison de tous côtés. Lucien regarda d'abord directement dans le canon du fusil, parce que c'est ce qui se trouvait le plus près de sa tête, puis il remonta vers le point de mire, la crosse et le visage aussi inexpressif qu'une ampoule.

« Vous faites partie d'une des églises?

– Non, dit l'homme. Je suis avec une des femmes. Je suis avec Dee. »

Mais j'étais couché à onze heures, se dit Lucien. Et cette fois, je ne l'ai pas touchée. Qu'est-ce que signifie ce canon de fusil? Je pense que je vais le savoir dans quelques minutes. Des moments comme celui-ci transforment les meilleurs souvenirs en malheurs. Même le souvenir du regard brillant de Dee s'éteignait devant cette arme.

« Si on mangeait un morceau », dit Lucien en lançant les pieds hors du lit pour les poser sur le sol froid en se promettant silencieusement de ne plus jamais boire un verre. « Mon estomac pense qu'on m'a coupé la gorge. »

D'habitude Lucien était bon cuisinier, mais il sentit un courant d'air froid sous son peignoir de bain tandis qu'il préparait en tremblant le petit déjeuner, ajoutant des tranches de piment vert dans le bol d'œufs, du fromage de Cheddar Black Diamant, des oignons, de l'ail, des grains microscopiques de piment rouge et des brins d'aneth. Il tendit le poêlon en faisant le tour du fusil pour faire sentir à Gale – c'était son nom. Gale fit un petit signe de tête et laissa passer le poêlon, sans approuver de façon précise. Gale avait les jambes arquées, les épaules tombantes et des phalanges plates étalées comme une mosaïque sur le bois, sous la culasse du fusil. Lucien comprit qu'il devrait enfiler des stupidités pour que Gale ouvre vraiment le feu. Gale commençait à avoir faim. Il faut sortir de cette histoire de façon civilisée : Gale a perdu sa force impulsive et il se demande si sa virilité est mise en doute.

Lucien posa sur la table deux assiettes, deux verres de jus d'orange et un pot de café. Ils s'assirent, Gale le fusil en travers des genoux. Sans qu'on ait insisté, le fusil était devenu stupide. Gale tenta de se montrer équitable en mangeant rapidement : le piment rouge l'aida. Des larmes lui jaillirent des yeux, le sang lui monta au visage. Il entrouvrit la bouche et resta les yeux fixes, plongé dans des pensées terribles.

« Tu as des vapeurs ? lui demanda Lucien.

– Quelle merde t'as mise dans les œufs ?

– Je vais aller te chercher de l'eau. »

Lucien se précipita. Il prit de l'eau glacée dans le réfrigérateur, la rapporta vers la table du petit déjeuner et la jeta en plein dans le visage de Gale puis il prit le fusil.

« Gale, reste où tu es pendant une seconde... » Lucien ouvrit la culasse, éjecta le chargeur. Il n'y avait pas de cartouches dans le fusil. Il le rendit à Gale.

« On dit que tu peux faire partir ça avec ton doigt de pied, dit Gale en montrant le fusil d'un air morne.

– Sauf quand il n'est pas chargé, répondit Lucien, en se demandant s'il ne se moquait pas légèrement de Gale.

– L'autre jour, à la télé, j'ai vu que la mort était comme une sorte de tunnel », dit Gale. La mort ?

« Mais les rares mecs qui en sont revenus, ils disent qu'au début c'est l'enfer.

– Ne parlons pas de la mort.

– Ta maison a besoin d'une gouttière, dit Gale.

– Je n'en ai pas.

– Je suis dans les gouttières sans soudure. Et je suis presque en faillite.

– Combien est-ce que ça va me coûter?

– Je te ferai un prix. Il faut que tu en aies une.

– D'accord, Gale, nom de Dieu. »

Sur ce, Lucien se mit à rêver : Dee est sur la pointe des pieds, sur le siège de la voiture, et crie « Aïe ! »; Lucien s'applique du lubrifiant qu'on emploie pour les moteurs hors bord et n'arrive à rien. Ils sentent l'antimoustique. Une canne à pêche tremblante indique les galaxies dans le ciel de la nuit d'été. Elle regarde fixement par la vitre arrière. Lucien jette un coup d'œil au compteur et souhaite que chaque kilomètre puisse raconter une histoire. Une guirlande pour souhaiter bonne chance aux anciens propriétaires et à tous ceux qui aiment les blondes avec des voix de ténor éraillées par le whisky, des poumons à moitié effondrés ou des problèmes de flatulence, car elles sont difficiles à dépeindre de façon romantique, même pour soi; à ce moment-là, je ne savais pas que j'allais m'acheter des gouttières sans soudure. Lucien ne se rendit compte qu'il regardait fixement Gale qu'au moment où ce dernier dit sèchement : « Ne t'apitoie pas sur mon sort. »

Après le départ de Gale, Lucien alla faire un petit tour en bateau sur la rivière, en regardant les rochers se transformer en fantômes dans la lumière verte. La rivière était une suite de boucles couleur émeraude où l'on flottait pendant des heures et arriver à un endroit d'où l'on pouvait revenir à sa voiture en dix minutes de marche. On voyait un nuage menaçant au-dessus de la première grande courbe, suspendu dans sa propre enveloppe de lumière surnaturelle. De l'eau ruisselait des rames de Lucien, blanche comme du platine. La traverse du doris se soulevait et retombait dans l'eau agitée tandis que la rivière se gonflait sous les nuages annonciateurs d'orage. Lucien releva les rames et le bateau dériva telle une mouette endormie ; il enfonça la tête dans son capuchon et regarda le flot l'entraîner hors d'atteinte du nuage menaçant, dans les marais où la truite se glissait dans sa perfection de soie et où des insectes aquatiques s'envolaient dans la température changeante. Lucien reprit les rames et s'écarta d'un grand rocher blanc, puis il s'engagea dans un petit canal, à deux doigts des saules qui défilaient, l'avant du bateau faisant comme le point de mire d'un fusil dans l'œil du courant. Il lui restait un kilomètre à parcourir, un kilomètre d'eau au fond pierreux qui le ramena presque à sa voiture. Maintenant, il était pressé de se remettre au travail.

Il revint à la maison, prit une douche et fit ses ablutions à toute vitesse en s'aspergeant – il en avait l'habitude quand il était écolier – de lotion après-rasage Canoe. Il choisit une cravate sans l'embarras ordinaire : les rayures et les couleurs lui offrirent le petit amusement esthétique d'autrefois. Puis le téléphone sonna.

Il décrocha juste au moment où on raccrochait. Il se laissa tomber dans le fauteuil. Il savait que c'était Suzanne. Il aurait dû l'appeler au Pavillon blanc, mais il ne savait pas comment faire. C'était peut-être James qui avait appelé. Il voulait peut-être aller à la pêche. Peut-être que son coup de soleil ne lui faisait plus mal. Puis le téléphone sonna à nouveau et c'était Suzanne. « Je viens de t'appeler, dit-elle. Qu'est-ce que tu as prévu pour ce soir ?

– Rien du tout.

– Eh bien, j'ai emprunté une voiture à ta secrétaire et j'ai fait des courses pour quelques jours. Qu'est-ce que tu en dirais si je faisais un bon petit rôti de porc avec une salade de betteraves.

– Je n'en ai pas remangé depuis que tu m'en as fait. Rien ne peut me faire plus plaisir.

– Vers huit heures ?

– Je serai là. »

Quand il eut raccroché, Lucien serra les poings devant lui et les secoua de bas en haut, en soufflant bruyamment entre ses dents. Puis il se frotta les mains et les claqua l'une contre l'autre, violemment.

11

Lucien marchait avec une vigueur venue d'une ancienne habitude. L'arrivée de l'été avait fait perdre aux volutes de vapeur sulfurique leur aspect de fugue dantesque et elles s'étalaient avec une gaieté rare au-dessus des bâtiments, dans le ciel d'un bleu sec. Il était encore tôt dans la matinée.

Il y avait une réunion du club féminin de bridge de Deadrock. Elles ressemblaient toutes à Barbe-Bleue et à George Washington. Tout était tranquille.

Mais Antoinette, la réceptionniste, avait l'air fatigué et irrité et Lucien crut en deviner la cause.

« Quelqu'un est mort ce matin très tôt dans la suite Antilope, dit-elle. Nous n'avons pas pu vous joindre chez vous. Il y a eu un os à propos des formalités. J'ai peur que vous ne deviez régler les choses. »

Les cheveux de Lucien se dressèrent sur sa tête : « Qui c'est?

– J'ai donné une voiture à votre ex-épouse, dit Antoinette en feuilletant le registre.

– Qui est mort?

– Mr Kelsey.

– Oh, putain, il habite dans un trou sur le lac Erié à l'autre bout du pays.

– Je ne savais pas.

– Moi, je le savais, dit Lucien. Il a pris un dernier verre avec moi au bar avant de s'inscrire pour un lavement. Il a bu un quart de Finlandia. Je connais bien la ville. »

Lucien passa la porte vitrée et entra dans la buée fétide. Antoinette pense assurément que je suis blindé mais, si je craque, que va devenir cet endroit, et tout ce qui dépend de moi ? Des têtes sortaient de la vapeur pour regarder, des bras s'agitaient ou lançaient des salutations en recherchant ses bonnes grâces, dans la piscine mouvante qui fripait ses chemises avant même que la journée ait commencé. Il savait qu'ici beaucoup souffraient parfois seulement dans leurs pensées. Lucien n'était pas différent. Lui aussi souffrait ; récemment il n'y aurait rien eu de plus fatigant, de plus purificateur que l'activité de sa pauvre vieille queue. En plus de ce qui semblait évident, elle avait commencé à faire deux jets quand il urinait, un tombait dans la cuvette et l'autre remplissait sa chaussure ou se lançait devant lui dans une danse importune. Souvent aussi, elle gardait une dernière giclée pour quand elle revenait dans son pantalon : le genre de choses que ne soignait pas la Source Chaude. Eh bien, on ne nous a jamais promis que la route serait facile.

Un des employés, un jeune du coin dont les bottes de cow-boy dépassaient sous son pantalon d'uniforme de la Source Chaude, sortit bouleversé de la suite Antilope. « Jamais vu ça auparavant, hein ?

– Non, monsieur.

– On dit qu'il n'y a que le premier pas qui coûte. »

Lucien entra, suivi avec précaution par le jeune homme. Mr Kelsey était toujours dans son lit. Une assiette entamée de Saltimbocca avec quelques légumes à côté, un plat *nouvelle cuisine.*

« Comment est-ce qu'il a eu ça ? » demanda-t-il en montrant la nourriture.

« Je sais pas », bégaya le jeune homme. Henchcliff, le chef, avait monnayé quelques changements. Kelsey s'était très bien alimenté et il avait expiré après son premier lavement. Mary Céleste aurait dû l'annuler quand elle avait vu passer le sauté de veau. Lucien devrait la calmer, encore une journée sans rivière, sans faire courir le chien, sans excursion à cheval, ni de dîner ce soir avec James et Suzanne.

Lucien se pencha sur le corps ; rien à confirmer, en dehors des pores ouverts, des lèvres couleur d'aileron de requin, des oreilles qui n'entendaient plus, la mort dans toute sa splendeur sous les draps marqués du chiffre de la Source Chaude. Kelsey avait projeté de se teindre les cheveux. Dans tous les cas, nous devons expédier sa dépouille sur les rives du lac Erié, dans l'ombre de villes sidérurgiques abandonnées, les rangées de cadavres d'oiseaux et de poissons de ce Midwest des histoires.

« Nous allons avoir besoin d'un grand sac et du break à air conditionné. Assure-toi qu'Antoinette a prévenu ses proches. Fais venir la femme de ménage. Je serai dans mon bureau. »

Lucien parcourut le long couloir. Il appela Antoinette. « Antoinette, à nouveau Kelsey. Primo, le faire embaumer. Deuxio, lui trouver un container. Tertio, le ramener chez lui. Et quand vous confirmerez l'expédition à la famille, vérifier la nouvelle adresse pour envoyer la facture. » Lucien raccrocha et soupira. Il rappela. « Assurez-vous que Mary Céleste n'attend pas Mr Kelsey. Puis venez ici prendre une lettre. »

Antoinette apparut cinq minutes plus tard avec un bloc et un crayon. Les dix derniers pour cent de sa beauté permettaient d'imaginer ce qu'elle avait perdu. « C'est une lettre pour la Chambre de commerce, à l'attention de Donald Deems. Cher Donald, pensez-vous qu'il soit juste qu'on me demande de proposer une réduction à la délégation de la ville jumelée quand, premièrement, personne ne connaît l'importance de cette délégation, et quand, deuxièmement, personne en ville ne fait une contribution semblable à la réussite de la foire ? Nous nous verrons jeudi. J'attends votre réponse. Salutations, Lucien. » Il regarda Antoinette. « Grouillez-vous. C'est pour le courrier d'aujourd'hui. »

Lucien détestait devoir se conduire comme ça avec Antoinette. Mais au cours des six premiers mois de travail, elle n'avait cessé d'avoir des problèmes à cause de son bon à rien de mari, le prêt pour sa voiture et ses règles. Puis elle quitta son mari, et chaque fois qu'elle avait un nouveau petit ami, elle avait une cystite et elle se lamentait sur le prix des antibiotiques, la conspiration entre l'ordre des Médecins et l'industrie pharmaceutique pour maintenir des prix élevés, et ainsi de suite. Des bavardages sans fin sur les infections urinaires avaient amené Lucien à choisir ses sujets de conversation.

Quand elle fut partie, Lucien soupira. « Un

cow-boy n'a jamais fini son travail», et il commença à feuilleter ses papiers. Lang et Hughes à New York avaient envoyé de nouvelles pubs et elles étaient plus ciblées comme il l'avait demandé : « Soleil et soufre » pour les magazines de voyage, « Plaine minérale » pour le *New Yorker* avec une photo des étendues de sauge prise au grand angle, ce qui les faisait ressembler à un court de gazon. Il refusa, il l'espéra pour la dernière fois, de faire construire une annexe pour enfants obèses à cause de cette méchanceté naissante qu'il ressentait en présence de jeunes trop gros. Les jeunes eux-mêmes ne voyaient pas l'intérêt d'une source minérale ; ils couraient partout en criant des slogans publicitaires, les faux diamants d'aujourd'hui. En outre, une journée qui commençait avec l'achat de gouttières sans soudure afin d'éviter un scandale laissait beaucoup à désirer.

Il traversa l'arrière de la cuisine où l'on déchargeait un camion frigorifique de fruits et de légumes en provenance de l'Oregon. « Salut, Henchcliff, cria-t-il. Comment ça avance ? » Henchcliff, qui avait l'habitude de s'habiller à la fois dans et hors de son travail en forçat à régime spécial, tourna la tête brusquement comme pour dire « Laissez-moi tranquille », avec l'air de celui qui est perpétuellement en colère. Mais Henchcliff avait le don. Il était en permanence sous la contrainte brutale de ne préparer qu'une cuisine assurant la longévité, pareil à tant de nutritionnistes qui faisaient le tour des stations thermales. Henchcliff pouvait se relâcher et déverser le cholestérol, le sel et les matières grasses avec les meilleurs. Cependant, quand il se surveillait, par les doubles portes, il expédiait aux chauves-souris qui se trouvaient autour de la source des centaines de merveilles couvertes de rosée, de vapeur, identiques et ressemblant à des fruits. Lucien n'arrivait pas à comprendre comment ils pouvaient manger dans la buée; mais il avait assez le sens des affaires pour reconnaître que manger les fruits de la terre, à moitié invisibles dans une ambiance qui partout ailleurs les aurait fait suffoquer, appartenait à la mystique, à ce qu'ils rapportaient avec reconnaissance dans leurs maisons entassées les unes sur les autres. Des visages roses se dressaient mystérieusement au-dessus de la verdure dans la vapeur. Des visages satisfaits, se dit Lucien.

La confiserie occupait toute la partie ouest de la cuisine : Lucien était toujours surpris de voir qu'ils pouvaient vendre autant de guimauve au soufre. Mais mois après mois c'était une des meilleures ventes, aussi solide qu'une bonne franchise. Personne ne prétendait qu'il s'agissait d'autre chose que de confiserie, mais la plupart des gens avalaient ça comme une purge. Ça avait pourtant exactement la même odeur que la source et la nostalgie naît des choses les plus inattendues.

Il sortit par la porte du fond et frappa chez Dominic. C'était une chambre meublée pour le chef cuisinier. Maintenant qu'il habitait en ville, il n'en avait plus besoin. Elle était isolée et mettait Lucien un peu plus à l'aise. Dominic avait beaucoup d'ennemis dangereux et il valait mieux qu'il se trouve dans un coin où il y avait moins de monde, dans le cas où on voudrait le liquider. Dominic était le seul hôte permanent.

Dominic lui cria d'entrer de sa voix pure et

étrange de soprano. Lucien n'entra qu'à moitié. « Je suis juste venu dire bonjour. »

Dominic leva une madone de verre bleu fumé. « Une nouvelle, dit-il. De sainte Anne de Beaupré, au Québec. » Il la posa sur l'étagère avec les autres. « Allez-y. Je vois que vous êtes occupé. »

De retour à la réception, il feuilleta les notes des clients. Il leva les yeux et vit le break passer sur l'allée de gravier et se diriger vers l'arrière du bâtiment. Il aurait dû être déjà en route.

« Vous avez joint la famille?

– Sans problème, dit Antoinette.

– Sa note?

– American Express. Ils avaient les cartes en double.

– Et pour l'autopsie?

– Ils n'en veulent pas. Ils préfèrent qu'il soit dans un cercueil hermétique plutôt qu'embaumé. L'État exige que ce soit l'un ou l'autre. Il est déjà dans le container. »

Lucien, irrité, regarda le parking vide. « Allez dire à Zane qu'il se dépêche, dit-il. Il a l'air de faire chaud. Je vais dans le bureau pour travailler. Vous ne me passez pas les téléphones. » Lucien se dirigea vers le bout du couloir.

Antoinette cria : « Quelqu'un a téléphoné à propos de gouttières sans soudure. Il a dit que les prix avaient augmenté.

– Oh, mon Dieu. »

Lucien s'enferma hermétiquement dans le bureau. Coup d'œil rapide à sa montre. Il ferait jour encore pendant deux heures pour rentrer chez lui, sortir la chienne et dîner avec Suzanne et James.

Il téléphona pour avoir l'état du compte des

sources, du ranch, et de son compte personnel, et il les nota dans les livres respectifs. Plomberie de Deadrock. Cette facture est impossible, aucune vraie facture ne peut atteindre ce montant. Ces types ont besoin d'une cible mouvante.

« Tim Lake. C'est Lucien Taylor. » Après quelques instants : « Tim, c'est vous qui m'avez envoyé cette facture?

– Oui, Lucien, c'est moi.

– Tim, vous ne manquez pas de culot.

– Lucien, il y a beaucoup d'heures sur cette facture. J'avais trois hommes là-haut et deux camions.

– J'ai vu. Un des camions sert à aller chercher les bières quand vos poivrots ont une crise de delirium tremens en travaillant sur ma chaudière. Tim, je vais vous donner une chance. Je vais déchirer cette putain de saloperie de facture et je ne vais pas me vexer. Vous allez vous asseoir à votre bureau et me rédiger une nouvelle facture dont vous serez fier. Mais cette fois, soyez honnête. Avec vous-même. »

Puis, comme cela l'avait mis en forme, bien que l'époque des archers et des ménestrels fût à jamais révolue, il fit à toute vitesse quelques lettres à propos des prix des commerçants. Il appela Antoinette au téléphone. Rentrée chez elle. plus de téléphone pour la journée. Il sentit la terre bouger. Lucien enleva sa cravate, il en examina les rayures rouges et argent pour la première fois, puis il la roula et la mit dans sa poche. Il se promena dans le couloir en voyant avec satisfaction les employés, garçons et filles, habillés en cow-boys, se déplacer dans la vapeur. Mary Céleste allait de table en table avec des conseils diététiques, vêtue d'une robe du soir tombante ; sa coiffe Empire penchait légèrement au nord. En deux heures, on avait éteint toutes les lampes pour ne garder que le minimum ; la plupart des clients étaient chez eux. Quelques-uns avec un éclat concupiscent dans le regard reviendraient dans le bassin principal, pour patauger dans la puanteur et le désir. Nous sommes tous un peu comme ça.

Il avait le temps de prendre une douche et de se raser une seconde fois, en examinant son visage pour y découvrir les endroits oubliés. Puis il se mit une lotion tonifiante et se regarda boutonner une chemise à rayures bleues et blanches. Il avait plaqué ses cheveux en arrière comme un riche héritier et il retroussa les lèvres pour juger ses dents : des gencives brillantes, pas de tartre ; la couronne n'apparaît pas sauf s'il a un trop grand sourire, comme quand il est saoul ou, une fois par an, quand il est heureux. Il se dirigea vers le Pavillon blanc, une maison à louer, claire et romantique dans les genévriers penchés par le vent au-dessus de la Source. Ça faisait du bien.

Il frappa. Suzanne lui ouvrit et repartit immédiatement. Là où les portes coulissantes donnaient sur la pataugeoire, James était assis et lisait une bande dessinée. Il devait sans doute en lire beaucoup, se dit Lucien. La dernière fois qu'il avait vu James, les bandes dessinées ne l'intéressaient pas du tout. Il avait encore une grande collection de G.I's. Aujourd'hui, il portait une tenue de camouflage et lisait des bandes dessinées.

« Je te prépare quelque chose à boire ?

– Tu en prends, toi ?

– Je vais en prendre un peu, dit-elle.

– D'accord, dit Lucien. Comme d'habitude.

– Je ne sais pas ce que tu bois d'habitude, dit Suzanne en clignant lentement de l'œil.

– Tout sauf du scotch, dit Lucien. Qu'est-ce que tu dirais d'un peu de bourbon à l'eau?

– Je ne suis pas sûre que nous en ayons.

– C'est un reproche?

– Ce n'est pas un reproche. Simplement je ne savais pas s'il y en avait. »

Lucien s'assit à côté de James.

« Salut, papa.

– Alors, qu'est-ce que tu penses?

– Tu es en train de faire fortune.

– Ça va bien.

– Je voudrais qu'on fasse fortune. Maman et moi. J'inventerai peut-être quelque chose. »

Suzanne revint avec les verres et s'assit dans un fauteuil en rotin devant Lucien et James. « J'ai raté le dîner, annonça-t-elle avec un sourire interrogateur comme pour dire : Et maintenant?

– Ce n'est pas possible. Tu as fait du porc rôti des centaines de fois.

– Ça te montre ce qu'est la mémoire, dit-elle.

– Tu veux que je téléphone à la cuisine? demanda Lucien d'une voix calme.

– J'ai préparé quelque chose d'autre. Je sortais avec un cuisinier extraordinaire. Il m'a appris une recette de foie de veau. Tu vas adorer ça.

– Il était cuisinier?

– Analyste en investissements et vice-président d'université; mais il aimait faire la cuisine, Lucien. Il aimait faire la cuisine.

– Je parierais que ce n'est pas tout ce qu'il aimait faire. »

Elle dégagea son collier de perles de dessous le col de son chemisier, regarda James avec un sourire et dit : « Venez dîner. »

Au lieu de sets de table, Suzanne avait utilisé

des morceaux du journal du soir. Lucien avait les réductions des chemins de fer. James avait les sports. Lucien n'arrivait pas à voir ce qu'avait Suzanne. Leurs assiettes étaient empilées comme l'argenterie, afin qu'on les fasse passer. Le repas était dans un poêlon profond, avec une cuiller pour le service. D'habitude, Suzanne faisait de grands efforts de présentation. Quand Lucien goûta ce qu'il avait dans son assiette, il trouva qu'elle avait fait beaucoup de progrès en cuisine. Il y avait un pichet de vin rouge et des verres d'eau.

« Comment s'est passée ta journée?

– Incroyablement compliquée, dit Lucien.

– Nous pensions que tu allais passer, dit Suzanne.

– Un de mes clients est mort, dit Lucien au-dessus de son foie. J'ai dû m'occuper du transport. »

Il y eut un silence pendant lequel James écarquilla les yeux avec la férocité macabre de la jeunesse. Puis il regarda sa mère avec l'espoir qu'elle chercherait à en savoir plus sur l'homme qui était mort. Mais ils recommencèrent tous trois à manger. Lucien n'arrivait pas à croire que James aimait ce plat. On lui avait sans doute appris à manger ce qu'on lui donnait. Au Honduras, ils avaient l'habitude de sortir une table sur la plage et d'en enfoncer les pieds dans le sable. Ils jetaient les restes aux mouettes et versaient du jus de citron vert sur les mangues qu'ils adoraient en dessert. Ils étaient à l'ombre du prunier et Suzanne se donnait la peine d'utiliser une vraie nappe de lin. Aussi cette présentation utilitaire choquait Lucien. Il s'agissait peut-être de *high-tech*.

Suzanne se leva et quitta la pièce. Lucien regarda James. Il eut l'impression que l'enfant prenait grand soin de couper sa viande en morceaux rigoureusement identiques. Pendant quelques instants, Lucien n'arriva pas à comprendre pourquoi il faisait ça ; puis il s'aperçut que c'était la peur qui rendait James si prudent.

« Nous devrions faire quelque chose, dit Lucien avec plus de naïveté que quand il s'adressait d'habitude aux enfants. Quelque chose pour nous amuser.

– Qu'est-ce que tu veux faire ? » demanda James. Il semblait prêt à se sauver.

« Tu aimes toujours aller à la pêche.

– Je n'y suis pas allé depuis très longtemps.

– Qu'est-ce que tu fais pour t'amuser ?

– Je joue avec des avions téléguidés.

– Des avions téléguidés ! Ce n'est pas amusant ! »

James se figea et se tut. Il repoussa ses cheveux d'un noir de jais comme s'il ne se souvenait plus de quel côté se trouvait sa raie.

« Je ne sais absolument pas ce que c'est », dit Lucien. Puis, pour rendre les choses plus faciles, il demanda : « Est-ce que tu crois que j'aimerais ça ?

– Non.

– Jamesie, allons à la pêche. Essayons. Si ça ne nous amuse pas, nous nous arrêterons tout simplement. Nous nous arrêterons et nous n'en parlerons plus. On essaiera tes trucs téléguidés.

– Je n'ai pas mon avion, dit James terrifié. Je ne l'ai pas ici.

– Qu'est-ce qui est arrivé à ta mère ? Va voir ce qu'elle fait. »

James se leva avec un air indifférent et résigné,

puis il disparut dans les pièces contiguës. Quand il revint, il dit : « Elle ne veut pas sortir de sa chambre.

– Quoi ?

– Elle a dit qu'elle était désolée.

– Bon, eh bien, je suis désolé aussi, dit Lucien en dissimulant sa stupeur. Mais demain, on va à la pêche ou quelque chose comme ça, d'accord ? Et, euh, c'est d'accord ? Alors, vers huit heures, Jamesie. Tu seras prêt. »

Lucien se leva et quitta le Pavillon blanc. Il était stupéfait.

12

Lucien fuma pendant quelque temps sur le versant de la colline en regardant la lune se lever, puis il reprit sa marche vers la source. Il avait appris à évaluer l'animation et les activités du bar simplement aux sons que renvoyait le bâtiment. C'était animé ce soir et cela suffisait, même s'il se sentait déprimé. Il longea le bâtiment principal tout en mesurant sans y penser la hauteur des arbustes avec la main en marchant. Il pouvait sentir l'odeur de la peinture du bois, et le souffle profond de la source était partout. Un rire aigu et hystérique s'éleva du bar; puis tout redevint silencieux. Lucien marcha au hasard depuis le bâtiment jusqu'au parking. Il était presque complet, beaucoup de plaques minéralogiques de la région; et parmi les voitures, il y avait le break.

Lucien alla jusqu'à l'arrière et regarda par la vitre. *Non.* On ne pouvait voir que le container, c'était Kelsey. Lucien se dit : Pourquoi est-ce que tu me fais ça? Je ne plaisante pas.

Il téléphona à Antoinette chez elle. « Où est Zane ? »

Alors, calmement : « Pourquoi ?

– Kelsey est toujours sur le parking.

– Il a raté son avion?

– Oui, il l'a raté. C'était le cinq heures quinze pour Minneapolis.

– J'imagine que Zane a eu peur.

– Ce n'est pas votre neveu?

– Si...

– J'ai vraiment envie de l'écrabouiller.

– Je suis désolée, monsieur Taylor.

– La prochaine fois que vous ferez appel à quelqu'un de votre famille, assurez-vous qu'il est assez grand pour avoir des empreintes digitales. Maintenant écoutez-moi, je vais emmener Kelsey à l'aéroport. Quand j'y serai, je vous rappellerai avec les horaires. Vous vous occuperez du reste avec Zane.

– Je m'en occuperai. Est-ce que vous voulez donner une seconde chance à Zane?

– Absolument pas. »

D'énormes oiseaux de proie s'envolaient dans la faible lumière artificielle au-dessus de la source, comme dans une époque très ancienne; les volutes de vapeur montaient vers les oiseaux sans les atteindre et rendaient plus visibles les changements du vent. Je me demande s'ils savent que j'ai Kelsey. Lucien mit le moteur en marche et descendit vers les étables. Il cria à Roy d'aller donner à manger à Lucifer; il devait se rendre à l'aéroport avec un client. Qu'est-ce que j'ai fait pour mériter ça?

Il s'arrêta au bar-grill de Deadrock pour s'en jeter un rapide et il s'en jeta plus d'un. L'arrière-salle semblait aussi rassurante qu'un lit à baldaquin par une nuit d'hiver. Il y avait un match de barrage à la télé, le poste était suspendu en l'air, et Lucien cria : « Allez les Horns! » jusqu'à ce que quelqu'un, juste à côté, lui rappelle que le Texas n'était pas dans la partie. C'était Purdue contre machin truc. Pourtant, il y eut beaucoup de poignées de main. Ici et là, un ennemi louchait avec une joie royale. Lucien posa violemment son verre vide sur le comptoir pour souligner la fin du match. Il sortit son portefeuille. « Il faut que je me traîne le cul jusqu'à l'aéroport. » Le garçon se dirigea vers la caisse.

« L'aéroport est fermé.

– *Quoi?* »

Le garçon lui rendit la monnaie sans comprencre et Lucien laissa tout en pourboire. Il s'avança en chancelant vers la porte et brusquement fonça vers le téléphone. Il appela Antoinette et lui expliqua tout.

« Je pense que vous feriez mieux de dormir un peu, lui dit Lucien avec une affection déplacée d'ivrogne.

– Mrs Kelsey doit être dans tous ses états. Elle a déjà vu arriver un avion, dit Antoinette.

– Ça va aller. Appelez-la pour lui demander ce qu'elle veut qu'on fasse. Dites-lui que la température nous empêche d'aller à l'aéroport aujourd'hui. »

Lucien descendit la rue et regarda des adolescentes pendant quinze minutes d'horloge. Puis il retourna au téléphone. Lucien avait décidé de mentir. Antoinette décrocha.

« Mrs Kelsey a dit de l'enterrer ici. Elle a dit qu'elle en avait marre de tout ça. Elle dit qu'elle en a jusque-là.

– Quelle religion?

– Pas précisée.

– Est-ce qu'on peut demander au prêtre de Dominic? »

Le cimetière de Sacajawea avait fait faillite. La location de caveaux devait payer la note, mais dans la région c'était considéré comme un luxe absurde de citadins. Faire ça la nuit enlèverait la malédiction d'une mort sur l'établissement thermal; aussi le personnel de Lucien – Garby le maréchal-ferrant, Henchcliff le chef, Dominic Armada toujours prévenant, deux serveurs Sunshine et Farther, le guide de randonnée Steven Thomas Castine, et le père Alerion – se tenait autour du trou creusé à la dynamite à l'arrière du cimetière de Sacajawea, devenu un dépôt de bilan pour son propriétaire entreprenant. Une petite roulade et Kelsey sembla sauter dans l'autre monde ou, au moins, dans l'ergonomie de la tombe. Le personnel termina immédiatement le travail avec des outils de jardinage apportés de la Source.

« Notre père... » commença le père Alerion, en retirant sa casquette de marine.

« Pas de religion précise », lui rappela Lucien. Alerion lui lança un regard fatigué.

« Dieu qui êtes aux cieux...

– Non. » Lucien secoua la tête de façon intransigeante.

« Et si on disait " Bonne chance ! " » cria le père Alerion.

Ce fut donc « Bonne chance », puis une longue pause tandis que la terre réclamait Mr Kesley et que le sol de l'Ouest américain tombait sur lui ; et soudain, pour tous ceux qui étaient là, il y eut un je ne sais quoi de triste parce que, par exemple, qui était-il ? Les huit hommes se tenaient dans un silence pyramidal.

Puis ce fut très sombre, oui, très solennel.

Lucien proposa qu'ils rentrent pour un petit dîner, quelque chose, un petit mot dans une bouteille, de la part de huit inconnus, pour montrer que le baume immémorial du deuil n'était pas tout à fait perdu pour l'humanité.

« Putain de merde, dit Henchcliff. Je cuisine depuis six heures ce matin.

– J'ai remarqué quelques magrets de cols-verts que j'ai tués, assez d'endives pour faire une grosse salade ou tu peux les braiser si tu veux. Ces merveilleuses pommes de terre nouvelles ne sont pas passées inaperçues. Fais sauter les choux-fleurs à l'ancienne. Et j'aimerais bien fumer un bon havane. »

Ils s'assirent à la longue table de la cuisine pendant qu'un Henchcliff épuisé déposait bruyamment des saladiers qu'il tenait d'une main et faisait le tour en chancelant avec un cabernet de prix dans l'autre comme un drôle de marin avec un vignoble de famille dans la Bordelais. Dominic en eut assez de ce bruit et fit à Henchcliff sa grimace homicide, les veines de son crâne ressortaient comme sur un bas-relief. « Tu fais trop d'bruit. T'as pigé ? » Henchcliff se calma aussitôt mais souffla entre ses dents. Un regard des yeux chassieux et assassins de Dominic et Henchcliff s'arrêta aussitôt. D'après Lucien, Henchcliff s'était beaucoup amélioré.

Un des garçons remarqua que la mort était un long tunnel qui se dirigeait vers une lumière accueillante. Lucien se demanda s'il avait raté une émission de télévision. Le repas était merveilleusement cuisiné, un adieu sincère au défunt. Henchcliff s'assit, ramolli par l'alcool, avec le sentiment d'être exploité. Dominic fit un récit très précis de la vie après la mort : le paradis, le purgatoire et l'enfer. L'enfer était particulièrement vivant, car pour les moindres détails il prenait comme modèle les sites d'élimination des ordures du New Jersey. On pouvait supporter le purgatoire; et on entrait au paradis sans passer par l'escalier ni écouter les cris des voisins, et sans avoir à enjamber un clodo couché devant la porte. Au paradis, on ne manquait jamais de soie, de cuir verni et de laine mohair.

« Et vous, père Alerion? demanda Lucien.

– C'est écrit dans la Bible, dit Alerion. Je n'imaginais pas qu'un mot ou deux au nom de Notre Seigneur pourrait faire du mal.

– J'avais des ordres stricts.

– Les ordres d'un apostat?

– Non. » Lucien piqua une tranche de canard. « Sa femme. » Il s'adressa à un des serveurs hippies. « Finis ton assitette.

– C'est fait, merci.

– A la bonne heure. Maintenant va chercher Lucifer, selle-le et attache-le. Il a un filet de cavalerie. Il y a écrit US sur les rivets. » Le serveur se leva, un peu décontenancé d'être obligé de quitter tout le monde. « Le repas est gratuit, dit Lucien quant le hippie quitta la pièce. Henchcliff, je suis stupéfait de voir comme tu cuisines bien même quand tu es de mauvaise humeur. Je salue ton sens du devoir en ce qui concerne ton métier.

– Merci. »

Garby, le maréchal-ferrant, souriait à tout avec une expression figée de reconnaissance. Lucien pensa que quand on n'avait rien à dire c'était une très bonne attitude. Mais l'expérience lui avait montré que ce genre d'individu se met facilement en colère et tabasse ceux qui l'entourent.

Puis tout fut silencieux. C'était le milieu de la nuit. Lucien jouait toujours avec l'idée, en toute sincérité, qu'il aurait pu tout à fait être à la place de Kesley. Quand mon heure sera arrivée, je voudrais au moins une petite cérémonie. Mourir comme ça, c'est terrible.

Lucien dit bonne nuit et sortit devant le pavillon principal où se trouvait Lucifer presque invisible dans l'obscurité. Il passa les rênes par-dessus l'encolure du cheval et monta en selle.

Il rentra en faisant le grand tour. Son cigare était un point rouge qui dessinait un arc de cercle quand il l'éloignait de lui pour faire tomber la cendre. Suzanne et James devaient être roulés en boule à cette heure-là. Les rênes pendaient aux doitgs de Lucien comme un petit fil à plomb. De temps en temps une étincelle jaillissait d'un fer, la clarté et le calme de l'air champêtre lui semblaient merveilleux. Suzanne avait-elle peur de lui ?

Lucien rentra son cheval et alla se coucher, sous des draps propres et une couverture de laine tendus sur son corps. Il s'allongea sur le dos et croisa les bras sur la poitrine. Tandis qu'il glissait dans le sommeil, il s'imagina qu'il quittait le port pour s'en aller vers la vie éternelle.

13

Lucien se leva au point du jour. Quand il sortit, l'humidité était toujours dans le sol et le sol lui-même semblait commencer la respiration de toute une journée, car l'odeur de l'herbe, de la boue et des plantes vertes restait suspendue dans l'air immobile. Il descendit jusqu'au corral et ouvrit le portail de l'herbage du haut. Les chevaux se bousculèrent dans le passage puis se mirent à galoper et à sauter dans le nouvel espace. Il y avait des nuages plats au-delà des montagnes éloignées, ils avaient la couleur de l'ardoise humide. Lucien posa sa tasse de café au sommet d'un piquet de clôture et jeta du foin dans la mangeoire de métal. Il y enfonça son couteau de poche et trancha le lien, il retira les morceaux de ficelle, les enroula et les suspendit à une planche. Le rouleau de sel était creusé par les langues des animaux mais il en restait encore plus de la moitié. Il entendit le gémissement d'un moteur froid de tracteur qu'on essayait de mettre en route dans le ranch du voisin. Il va continuer jusqu'à ce que la batterie soit à plat, se dit Lucien, ensuite il rentrera pour regarder les feuilletons à la télé. Un vieux de la vieille.

Il alla chercher quelques affaires à la maison. Il avait une idée. Il prit un filet de camouflage et des gants de soudeur, la petite boîte contenant des bagues d'oiseaux, des pinces et un filet à long manche. Il sortit de la cave sa cage à pigeon en fil de fer ainsi que deux paires de lunettes de soudeur accrochées à un clou près de l'aération. Il ignora le téléphone qui sonnait et éteignit la petite flamme sous la cafetière. Au mur, il y avait une photo de son père, avec de la viande rôtie sur une broche, dans un restaurant d'Arequipa au Pérou. Le téléphone sonna à nouveau et Lucien ne décrocha pas. Il avait fini par savoir quand les appels n'étaient pas urgents, tout comme il pouvait compter le nombre de personnes à la Source Chaude à travers le mur.

Il chargea le tout dans la voiture et se dirigea vers le Pavillon blanc. Il savait qu'il était tôt. Il savait que Suzanne serait en train de se promener en robe de chambre tout en essayant de se réveiller, fixant un regard responsable et endormi sur le jour qui se levait. Quand il atteignit la porte, un nuage de fauvettes s'éleva du caragana aux fleurs jaunes. Il entendit James qui chantait et quand il frappa, la chanson s'arrêta. « C'est papa ! » cria Lucien dans le silence. La porte s'ouvrit et Suzanne apparut. Lucien fut heureux de la voir. Elle lui sourit, légèrement embarrassée, et marmonna quelque chose sur le fait qu'elle avait mal digéré son dîner. « Ce n'est pas grave, dit Lucien. Il y aura d'autres occasions. » Une assiette de pâtisseries était posée sur la table devant la porte ainsi qu'un pot de jus de fruits. Lucien reconnut chaque forme et chaque circonvolution de la pâte : Suzanne avait appris à obtenir à la cuisine ce dont elle avait besoin. Il prit deux petits pains aux raisins.

James sortit de la maison, lui fit rapidement un petit signe et se retourna pour regarder sa mère. « Tu ne peux pas dire bonjour à papa? dit-elle.

– Bonjour. »

Lucien mangea un petit pain et l'observa pendant quelques instants. Cela rendit l'enfant nerveux. « James, je vais baguer quelques faucons. J'aimerais que tu m'aides. Nous essayons de compter ceux que nous avons ici. C'est très amusant.

– Nous n'allons pas en ville aujourd'hui? demanda James à sa mère.

– Nous pourrons y aller une autre fois, répondit-elle en essayant de lancer un message pour rassurer James avec un grand sourire.

– Mais j'ai besoin de chaussettes de sport, dit James avec de la panique dans la voix. Tu te souviens?

– Je peux aller te les chercher.

– La dernière fois ça ne m'allait pas, dit-il dans un murmure désespéré.

– Tu vas baguer des faucons avec papa, répondit-elle d'une voix ferme. Il faut que je m'habille. » Elle rentra dans la maison en soulevant sa robe de chambre en velours sur ses hanches anguleuses. Lucien et James se retrouvèrent seuls. Lucien ouvrit rapidement la porte.

« Il faut que je prenne un manteau?

– Tu es très bien. Allons-y. »

Ils passèrent le portail et se dirigèrent vers la voiture avec le manche du filet qui dépassait par la vitre arrière. « On n'a pas pris assez de chaussettes, expliqua James. Et je n'ai que cette paire de lunettes. Maman et moi on n'a pas bien prévu, à mon avis.

– Si tu as besoin de quelque chose, tu n'as qu'à m'en parler », dit Lucien. James était embarrassé.

Quand ils eurent fait le tour des bâtiments et commencé à traverser le ranch, James garda son petit visage immobile tourné vers la vitre. Lucien ne savait pas quoi faire. « James, j'ai dit une chose qu'il ne fallait pas ? » Le paysage était plat et couvert de buissons et, à quelques kilomètres devant eux, il y avait une butte au sommet absolument horizontal.

« Non.

– Tu es sûr ?

– Oui. »

Lucien réfléchit pendant un long moment assez pénible. « Alors pourquoi est-ce que tu me traites comme ça ?

– Tu ne vas plus me laisser repartir, dit amèrement James. Tu vas me garder et tu ne vas plus me laisser partir. » Il se mit à pleurer, secoué par les sanglots dans l'espace immense de son siège. Lucien bougea la tête comme pour dire que ce n'était pas vrai, mais en réalité il ne dit rien. Il continua à conduire jusqu'à ce que James soupire.

A ce moment-là, ils arrivaient à la vieille ferme. Lucien s'arrêta et sortit de voiture. « Prends le filet, James. Il faut qu'on attrape un pigeon comme appât. »

Ils emportèrent le filet dans la vieille grange où l'obscurité presque totale les aveugla un instant. Un grand nombre de pigeons s'envolèrent immédiatement de la meule de foin ; ceux qui restaient tournèrent en tous sens en haut, en faisant un vacarme sourd et mat dans l'espace clos. Lucien donna le filet à James et le petit garçon tourna en rond en lançant le filet et en ratant les pigeons. Bientôt, il se mit à courir derrière eux et en une minute il abattit son filet et un pigeon s'agita emmêlé dans les mailles. Quand ils le mirent dans la cage en grillage, les autres se posèrent en roucoulant sur les solives blanchies. Lucien le félicita et ils rapportèrent tout dans la voiture.

Lucien suivit les zigzags de la route boueuse jusqu'à la butte. James portait la cage sur ses genoux et fixait le pigeon aux yeux rouges, apparemment calmé, qui marchait de long en large sur le plancher en roucoulant d'une voix flûtée et interrogative. « Je me demande ce qu'il pense, ce pigeon! » dit James.

La route atteignit le pied de la butte, si près que la paroi de rocher se trouvait juste de l'autre côté de la fenêtre de la voiture. Ils la contournèrent jusqu'à l'endroit où elle se fondait aux collines environnantes puis, à mi-chemin, ils montèrent sur la butte elle-même et s'arrêtèrent. Le vent d'ouest qui soufflait de la vallée était comme une caresse chaude, et ils pouvaient voir de très loin les tourbillons de poussière. Sur la route de la rivière, les voitures avaient l'air de ne pas bouger.

« Je vois des faucons, dit Lucien. Ils sont dans les courants chauds.

– Qu'est-ce que c'est?

– L'air chaud qui monte. C'est facile pour les faucons de voler dedans. Prends le pigeon. Je vais prendre le filet de camouflage et le reste des affaires. »

Lucien vit James qui essayait de porter la cage du pigeon et de regarder en même temps par le côté, et il se dit, tandis que le petit garçon avançait en trébuchant : c'est un début.

Ils transportèrent le matériel sur cinq ou six cents mètres, dans la chaleur du sommet de la butte. Lucien regarda James jusqu'à ce qu'il commence à voir les faucons. Parfois les rafales chaudes s'avançaient à pattes de velours dans l'herbe épaisse et ils devaient se pencher dans le vent en marchant. Brusquement, James regarda Lucien droit dans les yeux, fit une grimace, posa la cage et dit : « On se repose.

– J'ai tué un gros cerf ici quand j'étais petit, dit Lucien.

– Avec ton père ?

– Non. Tout seul. Je n'ai pas pu le traîner jusqu'à la maison. Un vieux cow-boy est passé avec un chien et des jumelles à la recherche de son bétail ; on l'a mis sur son cheval et on est repartis à pied, et pourtant il avait de mauvais genoux, vraiment mauvais. J'ai toujours pensé que c'était quelque chose d'exceptionnel. A l'école, j'ai dit aux autres enfants que c'était mon père qui l'avait transporté, mais en réalité c'était ce vieux cow-boy et il ne m'a même pas dit son nom. On a donné un peu de cerf à son chien. Quand j'ai été plus grand, j'ai eu des chevaux à moi, de l'appât pour les corbeaux...

– Qu'est-ce que c'est de l'appât pour les corbeaux ?

– Des chevaux fatigués. Je vivais avec ma mère et on n'avait pas d'argent, pas beaucoup en tout cas. Mais même avec ces vieux chevaux, je pouvais aller me promener. Je pouvais aller jusqu'au sommet. Je pouvais aller n'importe où. » Pourquoi est-ce que je parle ainsi sans suite? se demanda Lucien.

James regarda sur la butte. « Comment est-ce qu'on finit au Département d'État?

– Je ne sais pas. L'université. J'avais l'habitude de peindre cette butte. J'en ai eu marre des tableaux de la butte. Mais jamais de la butte. Je venais ici, il y a quelque temps, quand le chinook soufflait, il y avait de vieilles plaques de neige, et je suis venu aussi près que ça pour faire encore un tableau de cet endroit. Mais j'ai eu l'impression de le connaître par cœur. Je me demande si tu as la moindre idée de ce que je dis. » James souriait nerveusement, un de ses verres de lunettes brillait et semblait fermé; il essayait vraiment d'être agréable.

Ils continuèrent ainsi jusqu'à un grand ovale marqué par des rochers sur le sol plat. « Je suis sûr à quatre-vingt-dix-neuf pour cent que c'est ici que les Indiens attrapaient leurs oiseaux. » Comme tant d'autres, Lucien avait toujours ressenti les grands échos de l'histoire achevée des Indiens – des Indiens à pied, avec un chien et un cheval. Comment un pays pouvait-il produire des orateurs pendant des milliers d'années, puis une centaine d'années de ouais et de p'têt'ben? Ça n'avait pas de sens. Ça n'avait pas de sens qu'on pleure les jours glorieux du vieux Sud tandis que tout cela avait disparu sans qu'on en parle. Peut-être que les ouais et les p'têt'ben représentaient une vraie commotion, un pays à jamais étrange, étrange comme il l'était aujourd'hui à un homme et à un garçon avec un oiseau en cage et un camouflage de fortune. Eh bien, se dit Lucien, ce n'est pas un mauvais coin pour les coyotes, les intrigants et les pionniers du capital-risques.

Lucien disposa le piège avec soin. Il enfila les gants très lourds et tous deux mirent leurs lunettes de protection. Lucien sortit le pigeon de la cage et lui prit les pattes entre les doigts. L'oiseau battit violemment des ailes et fit peur à James. Ils se glissèrent sous le camouflage et Lucien tint l'oiseau à l'extérieur du filet, juste au-dessus de leurs corps allongés.

Le camouflage était composé de nombreux morceaux d'étoffe jaune et olive cousus sur un morceau de filet. En dessous, on aurait cru que le vent diminuait, et derrière les mailles rêches et claires le ciel semblait vaste comme une cathédrale. Plus ils restaient sous le filet, plus il donnait l'impression de se courber haut au-dessus d'eux, comme si les bords en avaient été tout près et le centre absolument à la verticale, en haut.

« Qu'est-ce qui va se passer ?

– Il faut espérer qu'un faucon va venir jusqu'à nous.

– Et alors ?

– Alors nous verrons comment il est et nous lui mettrons une de ces bagues à la patte et nous le libérerons.

– Pourquoi est-ce qu'un faucon viendrait jusqu'à nous ?

– Il essaiera de prendre notre pigeon. » Le pigeon faisait de petits bruits. Il avait rentré le cou et gonflait les plumes très calmement. Lucien sentait que ses pattes n'étaient plus serrées entre ses doigts. Il sentait la chaleur du corps du pigeon sur sa poitrine et se dit qu'il pourrait le lâcher sans le perdre.

« Je crois qu'il s'est endormi, dit James.
– Et toi, tu ne vas pas t'endormir?
– Non. »

Le temps passa lentement. Le bras de Lucien s'engourdissait et James frappait régulièrement ses chaussures de tennis l'une contre l'autre. Puis James s'endormit. Aussi Lucien, qui n'avait plus à réfléchir à ce qu'ils se disaient, put laisser aller son esprit comme à son habitude. Bizarrement, il pensa à Dee; elle avait été là quand il avait cru craquer ou quand il avait peut-être craqué. Il se demanda si c'était vraiment une pouffiasse aussi grossière qu'elle en avait l'air, toujours en train de se traîner à quatre pattes, le cul en l'air, pour recevoir son sacrement. Merveilleux de voir comment cette sorte de caricature le soulagea et fit passer le temps. Quand il était jeune, il avait pris l'habitude des combats de boxe imaginaires pour la même raison, il tournait en dansant, il cognait et tenait quinze rounds dans son propre univers. Puis il y avait eu la boisson. Puis Emily, puis son amour perdu, et le printemps, le printemps de son amour perdu. Pourquoi ne supportait-il pas le succès? Suzanne représentait le succès. Suzanne était tout. Pourquoi commençait-il seulement à s'en apercevoir?

Le pigeon remua. Lucien resta immobile mais remarqua que l'oiseau dressait à nouveau la tête et que ses yeux limpides étaient fixes. Lucien leva le regard vers le ciel. Le faucon était là. Les fauconniers appelaient ça l'attente : le faucon ne faisait aucun mouvement dans le cercle de ciel mais planait avec un battement d'ailes imprécis juste au-dessus, en prenant la position du pigeon. Le pigeon sentait ce qui lui arrivait. Lucien savait que s'il donnait un coup de coude à James cela effraierait le faucon et ils le perdraient. Au lieu de ça, il contrôla sa respiration et attendit que le lointain battement d'ailes s'arrête, que le faucon se rassemble et tombe.

Au moment du choc, James sursauta en hurlant et commença à sortir en rampant. Lucien se redressa en tenant le faucon par les pattes dans une main revêtue d'un gant. Il y avait des plumes partout et le faucon se débattait dans une confusion de colère froide, en frappant Lucien avec son bec en forme de couteau recourbé et en superposant son cri aux cris de James. « On l'a eu, James ! » James, à nouveau calme, semblait prêt à se sauver en courant. Le faucon avait cessé de bouger, mais son bec restait entrouvert et l'on pouvait apercevoir sa petite langue noire et dure qui sortait et rentrait légèrement dans sa bec. « C'est un faucon de prairie. C'est le plus bel oiseau du monde. Je veux revenir en faucon de prairie.

– Où est-ce que tu vas ?

– Nulle part dans l'immédiat. Passe-moi une bague et les pinces. » James lui tendit avec précaution ce qu'il demandait. Lucien était fasciné de le voir aussi timide. Lucien n'avait pas été particulièrement timide et il aimait bien avoir un fils qui l'était. Mais James tremblait.

Chaque fois que l'oiseau battait des ailes, Lucien sentait le mouvement d'élévation dans son avant-bras, il pouvait sentir la véritable attraction de l'univers du faucon dans le ciel. Il avait vu des faucons au sol, sans grâce, comme des personnes âgées, et il savait que leur monde était le ciel. Il avait vu de vieux cow-boys aller vers leur cheval en boitant, puis voler au-dessus de la terre, et il savait aussi quel était leur univers. Il voulait que sa propre vie soit aussi évidente.

En se concentrant et en ignorant la possibilité d'un coup de bec, Lucien réussit à mettre la bague. « Nous sommes enfin mariés », dit-il au faucon. James haussa les sourcils. Lucien tenait l'oiseau terrifié devant lui et relâcha sa prise. Le faucon quitta son gant à la verticale et avec de grands battements d'ailes monta dans la profondeur du ciel, puis disparut.

Quand Lucien regarda James, il vit qu'il tenait le pigeon dans ses mains. L'oiseau avait les yeux fermés. Sa tête retombait en arrière sur le dos. Du sang coulait de son bec sur les plumes bleues de ses épaules étroites. Lucien ne dit rien.

« On s'est endormis tous les deux en même temps », dit James d'une voix mal assurée.

14

Aujourd'hui, ce ne serait pas une journée à se laisser importuner ou ennuyer. Aujourd'hui, il accepterait quelques petites préférences comme de maintenir la température de la maison plus basse en portant un pull-over. Il lirait les lettres de Lord Byron. Des preuves indiquaient que les effets irritants de l'alcool sur l'appareil uro-génital de Byron l'avaient obligé à rechercher un soulagement dans des liaisons de type sexuel avec trois inconnues, engendrant des enfants que Byron appelait les otages de l'oubli. Il avait très bien compris. D'une sensation de brûlure à une dynastie en trois étapes. Byron et sa pauvre vieille queue.

Il se fit deux œufs à la coque. Il avait un coquetier en porcelaine depuis trente ans. Il avait un ensemble de brosses militaires au dos d'argent qu'on lui avait offert quand il était bébé. Il avait eu son premier permis de pêche à l'époque où l'on pouvait acheter des vers au bord de la route et des articles de pêche chez le coiffeur. A l'époque, un peu d'eau courante était une richesse extraordinaire; le coquetier et les brosses militaires le reliaient à un temps vers lequel il voulait retourner. Et chaque année qui passait le faisait échouer lamentablement. En découpant le haut des coquilles et en vérifiant la cuisson, il se dit : Peut-être qu'un petit pays avec des esclaves vaudrait mieux, pour moi. Son esprit erra vers les chancelleries imaginaires, les bureaux d'évêques reliés par des tunnels au fond de la cheminée, un hors-bord grondant pour sortir des eaux territoriales avec le président Lucien à la barre, *mon cher*, surveillant avec vigilance des contre-révolutionnaires tentant un débarquement. Voilà ce que lui évoquaient l'œuf et le coquetier : ils le ramenaient à une époque où tout était possible.

Puis le téléphone sonna.

« Où est-ce que vous avez mis Kelsey?

– Eh bien, finalement on l'a retiré du break, dit Lucien en riant. Qui êtes-vous?

– Je suis sa femme.

– Oh, mon Dieu, vous êtes sérieuse?

– Tout à fait. Votre secrétaire m'a donné votre numéro quand je l'ai menacée pour de bon.

– Eh bien, nous l'avons enterré, vraiment, euh, madame. A Valleyview. Ici, à Deadrock.

– Valleyview.

– Oui, madame.

– On dirait du Kodachrome. Je vais vous dire de quoi nous avons besoin pour la succession, c'est du certificat de décès en six exemplaires. Vous êtes à la hauteur?

– Bien sûr.

– Votre secrétariat a l'adresse ici; je viens de recevoir la note de Kelsey.

– Oui, madame.

– Purée, c'est vraiment exorbitant. Qu'est-ce que vous avez bien pu lui donner à manger?

– Nous...

– Enfin, il n'a manqué de rien. J'attendrai les certificats. Merci de ce que vous avez fait. Au revoir. »

Lucien raccrocha. Si ça ne marchait pas, qu'est-ce qu'il faudrait faire? Il avait poussé le bouchon un peu loin en enterrant Kelsey.

Lucien passa la porte d'entrée de la Source Chaude et alla à la réception. Antoinette était assise sur le coin du bureau. Elle l'attendait.

– Déterrez-le, dit Lucien.

– Quoi?

– Il faut qu'on déterre Kelsey.

– Je n'arrive pas à le croire, dit Antoinette.

– Nous n'avons pas le certificat de décès. Nous ne pourrons pas en avoir sans le rapport du coroner. »

Lucien avait eu sa part d'enterrements, dont certains plus proches que celui-là. Mais faire déterrer Kelsey dépassait tout. Ça ne se faisait pas. Ça transformerait les choses en chaos médiéval avec des esprits libérés errant parmi des vivants.

« Il avait une mauvaise lueur dans le regard, ce Kelsey. » Antoinette dit cela avec l'innocence d'un aborigène enfonçant et cassant un bâton dans un autre mammifère.

« Vous faites partie de l'équipe qui va le déterrer », dit simplement Lucien. C'était le comble de l'infantilisme.

Au cimetière, il y avait une grosse pelleteuse jaune sur le côté, et un inconnu en salopette examinait le sac contenant Kelsey. Antoinette sanglotait sans pouvoir se contrôler, avec son manteau en poil de chameau et ses bottes de cow-boy. Deux hommes d'entretien de la piscine arrivèrent pour transporter Kelsey dans le bureau du médecin légiste. « Appelez Mrs Kelsey quand il sera livré. Tout est à elle. J'espère que c'est la dernière fois de ma vie que j'entends parler de lui. » Lucien regarda le container. « Quelle chose à dire à un type aussi sympa ! » Il regarda l'homme en salopette avec le même air interrogatif. « Parmi nos clients il y en a tellement avec qui on ne peut pas supporter de passer une soirée. Ce type avait toujours une bonne histoire en réserve. » Lucien s'arrêta près de sa voiture et, sans se retourner vers Antoinette, il lui demanda de se reprendre. Au-delà des collines basses, il entendit le bruit métallique des attaches des trains. La fumée de l'usine de contre-plaqué sortait des ravins en nuages traînants comme des fantômes, alors que les vents chauds tournaient en ce début d'après-midi. Deux bandes de corbeaux se croisèrent dans le ciel, une allant vers la rivière, l'autre vers les collines. Vous vous rendez compte si les journaux avaient eu une photo de ces drôles d'oiseaux posés sur Kelsey. Les restes d'un industriel abandonnés aux charognards dans le Montana. Nous sommes une nation, oui ou non. La guerre civile là où on l'attend le moins...

Lucien s'arrêta à côté du réservoir galvanisé et fit couler de l'eau pour ses chevaux, le tuyau était à un mètre en dessous et lançait des fétus de paille jaune qui tournoyaient dans l'eau sombre pour en montrer le mouvement. Au-dessus des tuyaux blancs de la clôture, les cèdres se tordaient dans le vent. Lucien se dit : Qu'est-ce que je cherche ? Nom de Dieu !

Là où une neige dure de printemps s'était transformée en émail sous les pins immenses, des ombres d'oiseaux apparaissaient et disparaissaient brusquement; Lucien transportait des seaux de grain et se disait : Ça a duré jusqu'en juin, un miracle qui aurait pu se produire en novembre. Il était de bonne humeur. Et il le resterait s'ils pouvaient enterrer Kelsey une bonne fois pour toutes.

Quand Lucien y réfléchissait, il ne savait absolument pas quel effet avait produit sur James la capture du faucon, quelle sorte de journée cela avait été pour lui. Lorsque Lucien l'avait déposé, le Pavillon blanc était plein de parents de Suzanne, essentiellement des cousins dont un bon nombre de flemmards qui n'avaient rien de mieux à faire que de regarder Lucien d'un sale air comme on regarde quelqu'un qui s'est mal conduit envers une fille bien. Il y avait un cousin de Great Falls qui tenait une gargote ouverte vingt-quatre heures sur vingt-quatre et qui, par conséquent, n'avait pas de poignée de porte. Les jours où il voulait aller à la pêche, s'il ne trouvait personne pour le remplacer, il enroulait une chaîne d'une trentaine de mètres autour de la bâtisse et la fermait avec un cadenas. Il fut le seul à sourire à Lucien qui se tenait gauchement dans l'entrée, l'hôte importun. Mais de bonne heure, le mardi matin, Suzanne téléphona pour dire que James s'était bien amusé.

« Est-ce qu'il a parlé du pigeon?

– Oui.

– Est-ce qu'il a été bouleversé?

– Il semble avoir aimé que toi et lui vous ayez

vécu une sorte d'aventure. Quand je lui ai dit que c'était triste pour le pigeon, il m'a répondu qu'il fallait bien que les faucons vivent. J'ai pensé qu'il parlait comme toi.

– C'est bien.

– Alors les choses ne sont pas aussi tristes que tu peux le croire.

– Ça m'arrange qu'on me remarque. Je suis en pétard. Ça m'aide à sortir du lit le matin.

– Tu te rappelles mon cousin Dany?

– Pas vraiment.

– Eh bien, il veut savoir si tu sais te servir d'une arroseuse.

– Je veux te prendre dans mes bras et t'embrasser.

– Arrête ça immédiatement.

– Nous n'avons pas besoin d'arroseuse. On a acheté un tourniquet et on ne s'en sert pas. On l'a passé par profits et pertes. Il est là, il souligne cette atmosphère irréelle que demandent aujourd'hui les gens en vacances. Ton cousin Dany détruirait tout ça.

– Ne plaisante pas à propos de l'atmosphère. J'ai vu quelques jolies filles autour de la Source.

– Je sais.

– Mais j'ai aussi remarqué beaucoup de vieux ploucs du coin.

– Il faut qu'ils aient les deux choses. Leur truc, c'est de venir par curiosité, nuit après nuit. Je ne les contrarie pas. Nous nous donnons des coups de coude dans les côtes. On les montre du doigt. Ils reviennent tout le temps. Ma spécialité, c'est de pourvoir aux besoins des poivrots locaux qui dépensent beaucoup. Si je n'avais pas ceux qui n'habitent pas en ville, il faudrait que j'engage des danseuses nues. »

Un long silence gêné suivit, peut-être pas gêné mais plein de quelque chose qui créa une douleur sans impatience. Aussi la question était de savoir quand il se terminerait. Finalement, Lucien rompit le silence. « Pourquoi est-ce qu'on ne peut pas se voir de façon normale ?

– Parce qu'il y a eu tout ça. Et tu l'as quitté. Ce n'est pas revenu parce que nous habitons simplement au même endroit en ce moment. Ça me surprend que tu poses cette question.

– Ça te surprend que je pose cette question ?

– Oui, parce que ça implique que je suis stupide ou que je n'ai pas de mémoire.

– Je suis vraiment très seul, Suzanne », dit Lucien, et il regretta immédiatement d'avoir lancé cette idée débile à voix haute. Comme réponse elle fit un prout avec ses lèvres. « Je viens », dit-il, et il raccrocha.

Quand il arriva au Pavillon blanc, Suzanne le fit entrer et dit : « Est-ce que quelqu'un peut me dire pourquoi j'ouvre cette porte ? » Lucien la prit brusquement dans ses bras et la serra contre lui. Ses mains descendirent sur les rondeurs de ses fesses et il sentit qu'elles devenaient fermes. Il se sentit lui-même devenir dur. Elle aura au moins autre chose à faire qu'à mouiller le dessus de mes chaussures, pensa-t-il.

« Je ne vais pas baiser avec toi.

– Oh si !

– Oh non. » Son pubis était ferme et immobile contre lui. Il n'avait jamais autant voulu faire l'amour avec quelqu'un dans sa vie. Il ne se souvenait pas comment c'était avec elle parce qu'il n'y avait jamais vraiment fait attention.

Elle posa doucement la pointe de ses dix doigts

sur la poitrine de Lucien et le repoussa. Il baissa les yeux. Il y avait une boule décentrée et sinistre dans son pantalon très bien ajusté, ainsi qu'une tache. L'amour.

Suzanne détourna les yeux en battant des paupières. Lucien se rappela quand elle était vierge. Les vierges sont casse-pieds, se dit-il, comme les gens qui ont des maisons trop chères. Je suppose que nous pouvons vous montrer le salon ; mais nous ne sommes même pas sûrs de vouloir vendre et nous sommes très exigeants à propos de l'acheteur. Lucien se souvenait de la virginité de Suzanne comme de quelque chose qu'on approchait avec autant de précautions que le canal nerveux d'une dent. A côté d'Emily à la sensualité précoce, cela semblait un peu stupide.

Au lieu de faire l'amour, ils prirent le thé. Suzanne semblait si belle que Lucien la regardait trop fixement et faisait des gestes soit hors de propos, soit qui arrivaient à contretemps. Le vent ouvrit la porte et un chien étrange entra pendant qu'ils regardaient. Il but à la source et avec calme tourna vers eux un museau maigre et tacheté. Quand Lucien essaya de le chasser, il se contenta de le regarder, puis il s'en alla, à son allure, et repassa la porte en biais.

15

Les quatre infirmières arrivèrent d'Aspen en charter. Lucien les vit et les aida à mettre leurs nombreux bagages dans un chariot. Le pilote était à peine sorti du cockpit pour ouvrir les soutes à bagages. Il avait l'air d'être passé par l'enfer et d'y avoir vu ses désagréments bien connus. Il remonta dans l'avion et regarda les quatre dames avec des yeux comme des soucoupes. La plus âgée, une femme d'environ trente ans, portait une jupe et un tee-shirt sur lequel on pouvait lire :

Aspen, Colorado
juives en quatre-quatre

Le tee-shirt inquiéta Lucien. Elle se mit à parler et dit à Lucien que le Montana était formidable, vraiment formidable, elle ne pouvait pas lui dire à quel point il était formidable. Deux autres semblaient être sœurs, un peu plus de vingt ans, un air de Méditerranée orientale. La dernière était presque silencieuse et, quand elle dit que la journée était vraiment belle, elle le fit avec un accent australien. Elle portait des bijoux Zuni et avait un rouge à lèvres criard, d'un rose violent. Toutes les quatre avaient le même air exalté et fatigué que Lucien associait à la fin de la civilisation telle que nous la connaissons.

Il les conduisit à la Source, il les inscrivit dans le registre et suivit à bonne distance quand McCourtney leur montra leurs chambres. Chacune fouilla dans ses valises et referma la porte. Ce devait être des valises très intéressantes. La plus âgée se pencha pour crier par-dessus l'épaule de McCourtney en direction de Lucien : « Je m'appelle Freddy. Téléphone-moi quand il ne se passe rien. J'ai le sommeil léger. Et, tu sais, c'est comme tu veux. »

Tard, cette nuit-là, Wick Tompkins sortit et demanda à Lucien de venir boire quelque chose avec lui. Ils s'assirent à l'écart à une des tables de verre d'où l'on pouvait entendre les voix qui venaient de la Source et d'où l'on pouvait imaginer n'importe quoi, qu'on était au bord de la mer ou dans un vieux sanatorium des Alpes. Wick sortit une cigarette, en tapota l'extrémité sur la table, la retourna, en tapota l'autre extrémité et il se la coinça entre les dents. Il frotta une allumette et regarda Lucien.

« Tu te souviens du type avec qui Emily est partie ?

– W.T. Austinberry », dit Lucien. Bien sûr.

Wick alluma sa cigarette. « Un joli petit monsieur.

– Seulement si on le compare à nous.

– Quelle impression est-ce qu'il t'a faite ?

– Quelle impression ? Je ne sais pas. Une sorte de type inoffensif, tu vois. Mais pas si méchant que ça. Pourquoi ?

– Astucieux ?
– Euh, pas trop.
– C'est juste, dit Wick. Pas trop astucieux.
– Où est-ce que tu veux en venir, Wick ?
– Emily l'a descendu.
– Il est mort ?
– Mm. »

Lucien retrouva sa vieille douleur. Il n'arrivait pas à y croire. « Où est-elle ?
– Dans les îles Turk et Caïques.
– Qu'est-ce que c'est que ça ?
– Des petites îles.
– Qu'est-ce qu'elle fait là-bas ?
– Devine. Elle échappe à l'extradition.
– Comment est-ce que tu sais ça, Wick ?
– Eh bien, elle a téléphoné. Elle a besoin de cinq mille dollars. J'ai cru comprendre qu'elle avait beaucoup d'argent mais qu'elle était gênée momentanément parce qu'elle a dû partir très vite. »

Lucien leva la main en l'agitant pour commander une autre tournée.

« Envoie-les-lui », dit-il. Puis il fit son petit sourire qui voulait dire que la conversation était terminée. Wick soupira, résigné, et nota quelque chose.

« Je t'aime, je te hais, dit Wick. Mais je ne peux pas te sauver de toi-même. »

Il était très tard quand Lucien raccompagna Wick à sa voiture. Wick se retourna pour le regarder par la vitre de la portière avec le sourire triste de celui qui ne comprend pas, puis il s'éloigna et les lumières rouges des stops s'allumèrent et s'éteignirent successivement tandis que Wick cherchait la porte pour sortir. Lucien rentra, en se demandant ce qu'Austinberry avait bien pu faire de si terrible pour qu'Emily le tue; absolument personne ne lui donnait une chance. Elle était comme un cerf poursuivi par une meute de chiens sauvages.

Il décrocha le téléphone intérieur et appela Freddy. Il avait eu peur de la réveiller mais elle ne dormait pas du tout. « Donne-moi cinq minutes, dit-elle. Viens, c'est comme tu veux. »

Lucien alla d'abord derrière le bar et se prépara une vodka tonic. Il sortit et s'avança jusqu'au bord de la source. Un couple assez âgé tournait enlacé et dansait une valse sans musique dans les profondeurs bleu nuit, comme un amour beau et ancien sur les rives de l'éternité. C'est ici que nous avons fait l'amour pour la première fois, se dit Lucien, ma fugitive et moi.

En sirotant son verre, il descendit le long couloir recouvert d'un tapis pour le confort des pieds des baigneurs, jusqu'à la porte de Freddy. Il finit son verre et se pencha pour le poser à côté de la porte. A l'intérieur, il entendit un vague bourdonnement, comme celui d'un transformateur électrique dans un bâtiment public fermé pour la nuit. Il entra et Freddy se trouvait bien là.

Elle était allongée sur le côté, sur le lit, complètement nue. Le bourdonnement venait d'un petit appareil qu'elle tenait enfoncé dans son sexe; sa tête pendait à l'envers sur le bord du lit. Elle ouvrit grand la bouche et elle montra son centre obscur avec l'ongle très long d'un doigt de sa main libre. Pas besoin de demander deux fois, se dit Lucien, qui se déshabilla rapidement. Il enjamba Freddy et elle le manipula jusqu'à ce qu'il soit raide mais sans se retourner. Il posa ses deux genoux sur le bord du matelas de chaque côté de sa tête renversée. Elle tira une langue longue et large. Comme tu veux, se dit Lucien tristement, et il se glissa jusque dans sa gorge. Il put aller et venir librement avant que l'étreinte palpitante de son épiglotte fasse monter un orgasme en lui. Il se laissa tomber en avant sur les mains pour ne pas perdre l'équilibre pendant les spasmes ; et il entendit des petits rires excités venant d'en dessous. Il se retira de Freddy dont la bouche brillante se referma dans une sorte de baiser inversé. Il se remit sur les genoux et regarda sous le lit. Il vit les trois visages menus des infirmières d'Aspen.

« Quelle sorte de femmes êtes-vous donc ? » demanda-t-il.

Le lendemain matin, il se réveilla, prépara le petit déjeuner et se remit au lit pour le prendre. Il laissa Sadie y monter avec lui. C'était un privilège et une cérémonie réservés au dimanche, quand il lisait le *New York Times* du dimanche précédent. Sadie repérait toujours l'enveloppe de plastique dans laquelle se trouvait le journal et elle savait que c'était son jour. On était jeudi et Lucien était en retard de quatre jours ; mais Sadie n'en savait rien, et aujourd'hui elle bénéficia du privilège du lit, des morceaux de bacon et des blancs d'œufs. Les gens se demandaient pourquoi il ne se faisait pas construire une meilleure maison grâce à sa nouvelle situation ; mais cette vieille demeure convenait parfaitement à Lucien. Elle se trouvait à deux rangées de collines de la Source, un isolement de plus en plus important.

Il coinça le téléphone contre son épaule, regarda « la revue de la semaine » et composa le numéro d'Antoinette. « Personne ne m'a appelé ?

– Le bureau du médecin légiste.

– Le bureau du médecin légiste...

– Ils veulent savoir quoi faire avec Kelsey.

– Je n'en sais rien et ça m'est égal, dit Lucien en prenant le téléphone. Attendez une minute », hurla-t-il. Sadie sauta du lit. « Rappelez le médecin légiste et dites-lui que vous m'avez parlé. Dites-lui qu'un putain de truc comme Kelsey n'existe pas. Vous avez pigé ? Dites-lui simplement afin qu'il le sache : Kelsey n'existe pas. » Il raccrocha et attendit d'avoir retrouvé une respiration normale avant de reprendre la lecture du journal.

Par un coup de chance, on y parlait des îles Turk et Caïques. Apparemment c'était un groupe d'îles dans les Bahamas orientales. Il semblait n'y avoir que des plages et des banques où des trafiquants de drogue et des escrocs déposaient leur argent. Il y avait la photo d'une plage à l'ombre des palmiers avec au premier plan un bateau à l'allure mortelle en forme de cigarette et une banque moderne au fond. Lucien se dit qu'il connaissait suffisamment les goûts d'Emily pour penser qu'elle avait trouvé cette scène de plage minable et vide. Ça l'attrista de l'imaginer en train de courir sur la poussière de corail et de pousser la porte vitrée pour entrer dans la pièce où se trouvaient les cinq mille dollars qu'il lui avait envoyés.

Il se leva pour s'habiller. Sadie ne cessa de sauter sur le lit et d'en redescendre jusqu'à ce qu'il la regarde. Il ne savait vraiment pas comment s'habiller; soit pour ses clients, soit pour les réparations de plomberie qu'il devait faire sur les valves de mélange sous la Source. Peut-être une combinaison d'aviateur pour symboliser son départ de la ville, ou son aide à Emily, serait-elle parfaite. Peut-être une couche pour bébé...

Dans le courrier, il y avait une grande enveloppe de Wick Tompkins. C'était suspect. Lucien n'avait presque jamais vu Wick lui écrire. Wick lui donnait des papiers sans importance de la main à la main et cela était une part importante de leurs relations. Le contenu de l'enveloppe était simple et éloquent : une photo de la police uruguayenne représentant W.T. Austinberry avec le trou d'une balle à la place d'un œil. On lui avait frotté le visage pour en enlever le sang et la paupière droite était fermée. L'horrible trou empêchait presque d'identifier Austinberry, mais d'une certaine façon c'était bien sûr son visage de cowboy vaguement écossais-irlandais.

Lucien alla au téléphone.

« Où est-ce que tu as eu cette photo ?

– La police ici, en ville.

– Qu'est-ce qu'ils faisaient avec ?

– Ils cherchaient à vérifier qui c'était.

– C'est bien lui.

– C'est sûr. J'oserais avancer qu'il a un peu perdu de sa beauté.

– J'aimerais savoir ce qu'il a fait pour mériter ça, Wick. Voilà ce que j'aimerais savoir. »

Il y eut une longue pause.

« Lucien, dit Wick. Ne me fais pas ça. »

16

Lucien s'arrêta en bas de chez Dominic Armada. En gardant sa chambre toute l'année – sans demander de tarif spécial –, Dominic l'avait transformée en appartement d'une pièce, sans rien d'une atmosphère d'hôtel ou de ville d'eaux. La pièce sentait le menthol et l'ail ; les madones aux yeux de perle se tenaient le long du mur comme des canards leurres. Il y avait une photo de la baie de Naples qui donna tout à coup à Lucien l'envie de voir la mer, une envie qui cessa brusquement avec le souvenir de l'église d'une île dans laquelle Lord Nelson s'était marié et où Lucien s'était posé des questions sur sa vie, auxquelles il n'avait pas encore répondu.

« Assis-toi, assis-toi, assis-toi, Lucien », dit le vieux pénitent. Lucien s'assit sur une des chaises de jardin que Dominic avait achetées pour ses associations et but du vin dans un verre ballon. Lucien devint immédiatement le personnage courtois qu'il était toujours en présence de Dominic. C'était un soulagement d'être ainsi pendant quelque temps.

« Lucien, vends-moi ta source thermale, s'il te plaît.

– Tu as une belle chambre, Dom. Ça suffit. Cet endroit, c'est ma fierté et ma joie. »

Lucien se rendit compte que Dominic souhaitait passer la fin de sa vie parmi des gens vaguement gentils, en défendant ses madones contre l'ivrogne qui parfois se trompait de porte. Le rire de Dominic découvrait ses longues dents, et le samedi soir il envoyait toujours cent dollars pour payer une tournée « aux chouettes cow-boys du bar. Et à leurs nanas ». Dominic avait d'abord expliqué à Lucien qu'il avait passé de nombreuses années à s'occuper de chevaux. Quand Lucien lui avait demandé où, il avait dit : « Au guichet des cinquante dollars. »

Le téléphone intérieur de Dominic sonna. « Ouais, il est ici. » Il le tendit à Lucien.

« Je vais le prendre dans mon bureau, dit Lucien à Antoinette. Il faut que j'y aille, Dom. » Il avala son vin rouge d'un coup.

« Je pourrais t'aider. » Dominic sourit. « Garde ta migraine. »

Lucien alla jusqu'à son bureau en imaginant la forte pression qu'exerçait le bouton d'appel sur le correspondant. Il n'était pas pressé. Il semblait alterner de façon régulière entre une acceptation sereine du besoin d'être normal, d'accumuler, de dépenser et de détruire, et le sentiment que le temps était la seule monnaie, qu'il la gaspillait et que la mort rampait vers lui sur ses petites pattes de chat.

« Chéri ?

– Oui.

– C'est Emily.

– Emily ! »

Son système nerveux devint un écheveau de fils

de platine chauffé à blanc. Comme cette terreur et ce désir semblaient différents devant la banalité d'une journée à peine sauvée par la pince épiglottale de Freddy. Lucien tendit le fil du téléphone enroulé pour aller ouvrir la porte et faire entrer Sadie, une jolie chienne d'arrêt qui était devenue une putain de plage dans la nouvelle vie de Lucien. Sadie ne cessa de sauter sur le bureau de Lucien tandis qu'il téléphonait.

« Est-ce que tu vas bien ? » demanda Emily au travers d'épais nuages d'électricité statique des Caraïbes.

« Peut-être trop bien, hurla Lucien nerveusement. J'ai hyperstabilisé le facteur risque. » Brusquement, il se sentit gêné d'avoir dit ça. Que voulait-elle ? Que voulait-elle de lui ?

« Eh bien, je t'appelais seulement pour te dire merci. Tu as été terriblement généreux. Et je vais bien, ça va aller. Ne t'inquiète pas pour moi, Lucien, d'accord ? » L'électricité statique augmentait, elle devenait palpable à cette distance, à cette distance au sud et dans l'océan. Et finalement, elle avala Emily.

« Où es-tu ? » demanda Lucien d'une voix troublée tandis que Sadie marquait l'arrêt devant l'armoire de bureau. « Emily, où es-tu ? »

Lucien appela Antoinette.

« Antoinette, avez-vous un numéro pour rappeler ?

– Non, je n'en ai pas.

– Pourquoi ?

– Pourquoi ? Parce que vous avez pris l'appel, monsieur Taylor.

– Ah, j'ai pris l'appel.

– Vous allez bien ?

– C'est exactement ce que m'a demandé la personne qui vient d'appeler. Il y a quelque chose qui ne va pas dans ma voix?

– Non, je...

– Est-ce que vous voulez que j'entonne quelque chose sur un registre plus grave afin d'éviter ces questions sur mon état de santé?»

Il passa le lundi et le mardi avec le comptable. Le revenu de la Source avait atteint sa limite maximum. Le problème était celui des réductions d'impôts ou carrément une vente. Toutes les petites choses, l'augmentation des tarifs, l'amélioration de la salle à manger et de son rapport, l'augmentation du nombre de services, étaient plus ou moins épuisées. En outre, les concessionnaires, si on pouvait leur donner ce nom, remarquant la stabilité de l'entreprise par le nombre de réservations et les autres indicateurs, voulaient des augmentations. Mary Céleste était particulièrement difficile à ce sujet : elle considérait le droit du travail comme une mine d'or qu'on négligeait. Lucien avait peur de lui dire que, pour une personne attirée par sa thérapie, il y en avait deux qui étaient épouvantées à l'idée d'envoyer leurs matières fécales à travers le mur dans des tubes de verre; aussi il lui accorda une augmentation et elle s'en alla en boudant dans son caftan. Le comptable, Dan Janoff, regardait fixement ses feuilles et, avec la pointe de son crayon, se traçait un entrelacs sur les démangeaisons de sa calvitie.

«Je voudrais dire – laissez-moi regarder ça maintenant –, je voudrais dire que vous allez devoir vendre ou simplement ne voir cette affaire qu'en tant que machine à sous permanente qui ne changera pas et qui – je vous connais – n'aura pas pour vous l'intérêt d'une affaire considérée comme la passion d'une vie.

– Vous vous trompez. C'est très intéressant. Je suis plus heureux que vous ne le pensez.

– Insistez sur vos pertes, les pertes ont de la valeur. Il faut que vous les vendiez avant que des gens moins estimables que vous s'en emparent. Tout le monde essaie d'acheter des pertes. De nos jours, c'est la graisse qui intéresse, pas le steak. »

Peu de temps après, Janoff remit ses papiers dans son coffre et s'en alla. Quand Lucien entendit sa BMW s'éloigner en écrasant l'épaisse couche de gravier, il se leva en se disant qu'il avait créé un bel endroit pour lui et pour les autres. Ce serait difficile d'abandonner. Il sortit dans l'air du soir, et sentit sur son visage la chaleur du changement de temps qui descendait des montagnes.

Mais par un effort de volonté, Lucien se conduisit comme d'habitude envers ses hôtes. Frictionné et parfumé d'eau de Cologne, il traversa la salle à manger, fit deux fois le tour de la vieille source, adressa des moues songeuses à ses concessionnaires et retourna dans son bureau avec les photos de ses parents et de son fils. Il travailla et s'endormit volontairement à son bureau. Quelques heures plus tard, réveillé par la sonnerie de sa montre, Lucien se leva et retourna à la Source. Il examina les livres de la réception et les recettes du bar quand le dernier fêtard eut regagné sa chambre. D'habitude, il échangeait deux ou trois mots avec le veilleur de nuit, allumait un cigare et arpentait les dalles qui entouraient le bassin. Mais ce soir, à cette heure tardive, avec la perspective de Kelsey qui ne cesserait de réapparaître, il s'assit près de la source déserte et regarda les fantômes glisser vers les lucarnes du plafond et les murs. Il se rappela le jour où, avec son père, ils avaient vu la Source pour la première fois sous le manteau tournoyant des corbeaux. Puis il se souvint d'être venu là avec Emily. Et il sentit que sa gorge lui faisait mal. Il ne savait pas si c'était parce qu'il se souvenait d'Emily, ou parce que la Source était un peu devenue une maison de fous. Si c'était pour cette dernière raison, ça passerait; malgré son adoration pour le monde naturel, il méprisait la vie tranquille. Il vallait mieux pour la Source attirer ceux qui réussissaient et ceux qui étaient dans le besoin, les affamés et les repus, les rois et les reines du boogie ainsi que les pauvres d'esprit et les désespérés, que de rester simplement ici. Lucien n'avait pas honte; mais il ne savait pas pourquoi il était aussi triste.

Wick appela Lucien à la Source. Lucien était au bord du bassin où il écoutait les réclamations. Un homme exigeait qu'on aille « en bas » réparer la valve du mélangeur, car l'eau du bassin était trop chaude. Lucien expliqua qu'elle sortait de terre à quarante-cinq degrés. « Et après avoir réglé la valve du mélangeur, dit l'homme, ajoutez du chlore. » Lucien lui fit remarquer qu'on considérait comme un miracle que l'État ait trouvé l'eau si propre qu'on n'avait pas besoin d'y mettre des additifs. « Le chlore tuerait tous ces microbes », dit l'homme d'un ton définitif, et il s'en alla.

« J'ai vu Suzanne, dit Wick.

– Et ?

– Je te conseille de te jeter à ses pieds et de la supplier de te donner une autre chance.

– Sacré personnage, hein ?

– Pourquoi est-ce que tu ne t'arrêtes pas dans mon restaurant chinois pour manger tranquillement un litchi. Je peux te donner le CQFD de cette affaire et t'éviter de te tirer continuellement dans les pieds.

– Va te faire foutre, je suis millionnaire.

– Aujourd'hui, je vais avoir du canard fumé au thé et une rencontre de poids welters par antenne parabolique pour m'aider à passer le temps. Il y a aussi une vue très agréable sur l'horizon de Deadrock et la musique de la gare de triage.

– Je ne peux pas. Je vais essayer de mettre les choses en ordre ici.

– Incidemment, afin d'augmenter ta dette envers moi, j'ai résolu le problème Kelsey. J'en ai fait don à une université du Nord Dakota. Je l'ai étiqueté et expédié. Je vais laisser l'université régler directement avec la famille toute complication qui pourrait se présenter et je leur ai envoyé la facture du transport, de l'embaumement et du container très chic. Sa femme m'a téléphoné et a été un peu sèche avec moi. Aussi, s'il y a le moindre problème pour se faire payer, je leur fais saisir leur sale poste de télé. Moi aussi, je sais haïr.

– Je ne sais comment te remercier de t'être occupé de ça. Je croyais que je n'en verrais jamais la fin. Ce n'était pas le mauvais type, remarque. Mais cette affaire n'en finissait plus.

– Rappelle-toi, si jamais tu as besoin d'une greffe de foie ou de quelque chose d'autre, nous avons une priorité à l'université.

– Salut, Wick. »

La vie et la mort, pensa Lucien. C'est tout ce que j'ai à dire. A un moment, on expédie un corps, l'instant d'après on essaie d'entrer dans la culotte d'une femme. Pendant son mauvais hiver, Lucien avait attiré son amie Dee dans le hall d'entrée, une sorte d'antichambre avant les portes de verre fermées à clef de la First Security Bank de Deadrock; là, comme deux costumes froissés, ils avaient fait l'amour longuement et bruyamment. Le lendemain, tout le personnel de la banque avait vu leurs exploits sur le système de surveillance vidéo. L'heure défilait sur le côté droit de l'écran, et semblait mesurer la performance de Lucien. A nouveau, la queue de Lucien l'avait entraîné quelque part où le reste de sa personne ne serait jamais allé tout seul, et elle avait été la cause de sa honte.

A deux heures, le maire, Donald Deems, arriva avec sa secrétaire et jeta par terre une serviette qui sonnait le creux. Sa secrétaire, décharnée et fortement charpentée comme Don Quichotte, écrivait avec des mouvements saccadés dans son bloc sténo et regardait la Source Chaude par la fenêtre. Il y avait trois ou quatre instituteurs du coin dans le bassin, qui flottaient et bavardaient aimablement. Parfois, l'ancien professeur de mathématiques de Lucien, Mrs Hunt, venait et regardait d'un air maussade dans le petit bassin à la recherche de ses victimes âgées. J'aurais dû l'enfermer, cette vieille folle, se dit Lucien.

« Sur quoi êtes-vous en ce moment, Donald?

– Nous devons régler l'affaire de la ville jumelée, Lucien. Vous vous en souvenez.

– Je m'en souviens mais je ne sais pas quoi faire d'autre. Nous sommes prêts. Qu'est-ce que c'est, une demi-douzaine de personnes?

– Non, plus que ça. Je ne sais même pas de quel pays ils viennent, mais c'est la ville jumelée avec Deadrock. Un coin perdu dans le Pacifique, avec une seule syllabe. Zook, Plock, quelque chose comme ça, je ne sais pas, moi. N'écrivez pas ça, nom de Dieu! » dit-il à la secrétaire qui grattait du papier. Il tapota la couture de son revers.

« Est-ce qu'ils parlent un peu anglais?

– Je ne sais pas, Lucien. Je crois que leurs principales productions c'est l'aide étrangère et la papaye.

– Eh bien, nous allons tout faire pour qu'ils se sentent comme chez eux. Si seulement on savait où c'est chez eux...

– Je me disais... vous avez travaillé au Département d'État...

– Savez-vous par quelle lettre ça commence?

– Je vais trouver, je vais trouver.

– Vous auriez pu consulter des vieux numéros du *National Geographic.* »

Le maire secoua le menton et regarda pensivement. « Je sais que c'est quelque part là-bas dans le Pacifique, quelque part. »

Suzanne apparut rapidement à la fenêtre, son nouveau bronzage faisait ressortir l'éclat de ses yeux bruns. Elle fit un petit geste à Lucien, et il se demanda s'il devait y voir le signe d'un flirt. Il leva le bras en direction du maire dans une sorte de geste raide et se précipita vers la porte. Quand il arriva au bassin, Suzanne était partie à l'autre bout, elle portait un peignoir sur son maillot de bain. Elle se promenait avec un jeune homme très grand, peut-être un étudiant; ils entrèrent dans le bar. Lucien eut envie de courir derrière eux pour parler à Suzanne, mais il savait qu'il avait peu de chance de paraître maître de lui; et il était tout à fait capable de s'imaginer très gauche en face d'eux. Il revint dans son bureau.

« Il se passe quelque chose? demanda le maire, et sa secrétaire se tenait prête à écrire la réponse.

– Non, quelqu'un que je connais.

– Vous n'avez pas l'air bien. »

Lucien changea de sujet. « Où en étions-nous? demanda-t-il.

– Nous avions terminé. Nous ne voulons pas vous retenir.

– J'ai tout noté », dit la secrétaire. Ils étaient prêts à s'en aller, mais ils semblaient toujours vouloir observer Lucien. Quelque chose en lui les empêchait de le quitter des yeux.

Quand le maire fut parti, Lucien s'allongea sur le divan. Il repensa à l'époque heureuse avec Suzanne. Il y avait eu l'automne avant la naissance de James quand ils avaient fait la croisière. A l'époque, Lucien travaillait en république Dominicaine et distribuait des prospectus aux Latinos. Ils passaient leur temps libre à faire de la voile, Lucien avait pris un cours par correspondance de navigation astronomique. Il se souvenait, encore aujourd'hui, d'un accostage de nuit réussi. Quand ils atteignirent Saint-Barthélemy, il y avait assez de lune pour qu'ils puissent se diriger vers la baie de Saint-Jean en mettant l'arrière vers l'île Bonhomme et en fonçant sur le bois de palmiers, blanc comme un monument. Ils entendirent bientôt la passe de corail derrière la grand-voile. Lucien amena la toile et jeta l'ancre. Brusquement ce fut le silence. Dans les lumières de la côte, on distinguait la crête de la vague mais on ne l'entendait pas se briser. Suzanne replia soigneusement les voiles et Lucien fixa la barre pour que le gouvernail ne cogne pas pendant la nuit. Ils descendirent dans le bateau et firent l'amour tandis que les conversations avec l'île craquaient dans la radio HF. Les lumières apparaissaient et disparaissaient par le hublot avec la petite houle. Le lendemain matin, Lucien se réveilla et vit Suzanne qui préparait le café dans la petite cuisine, elle ne portait que le bas de son maillot de bain. Un vent chaud et parfumé venu de l'île entrait par l'escalier; il pouvait entendre au loin les petites voitures françaises. Ce soir-là, ils restèrent longtemps dans un des bars locaux et finirent par louer une chambre dans un pavillon en face d'un lotissement. Il y avait un château d'eau en bois surmonté d'un réservoir récupéré sur un bateau, il avait une forme étrange sur ce support, comme s'il avait été fait pour s'adapter à l'arceau d'un navire. L'eau qui y montait était pompée dans une citerne et redescendait par gravité dans l'installation du pavillon. Lucien coinça la porte avec un gros rocher poreux pour qu'elle reste fermée. Des jasmins de Virginie pendaient devant les vitres bleuissantes et les palmiers se balançaient lentement dans le vent de l'océan. Suzanne et Lucien étaient couchés dans les bras l'un de l'autre.

Lucien dormait sur le canapé.

17

Suzanne envoya James pour qu'il prenne son petit déjeuner avec son père. Il y avait un coin repas près de la source où ils s'installèrent et ils écoutèrent les conversations des tables voisines. Une dame âgée dit d'une voix aiguë : « C'était ça ou le *Queen Elizabeth II*. Mais dans la presse, on parlait d'une défaillance de stabilisateurs et d'estomacs retournés à la table du capitaine. Alors nous sommes venus ici. J'aime bien. Je crois que j'aime bien. Vous aimez ? » Sa compagne, une femme de son âge, cligna des paupières dans la direction de Lucien pour indiquer qu'il écoutait et leur bavardage s'arrêta.

James recula la tête comme s'il avait besoin de lunettes à double foyer ; il tenait un morceau de toast qui semblait gros comme la moitié de son crâne et il souriait à son père, sans crainte, pour la première fois depuis son arrivée. Les boutons de sa chemise étaient décalés et Lucien se pencha pour arranger ça. Lucien se demanda comment il avait pu laisser le garçon sans surveillance, ne serait-ce qu'un moment, et encore moins pendant toute la durée de sa fuite. « Découverte de soi », se dit-il avec dégoût, car il perdait l'intérêt qu'il avait pour lui-même. Il aurait souhaité donner ses années perdues comme un temps intact dans la vie de son petit garçon. C'était une sorte de regret.

« J'espère que nous allons pouvoir pêcher un peu.

– Ce serait formidable, dit James inquiet.

– Tu aimes le sport...

– Pas l'athlétisme !

– C'est différent. Tu peux t'en aller et être toi-même. Quand j'avais ton âge, les gens avaient l'habitude d'accrocher un panneau avec écrit dessus : je suis à la pêche, et ils n'avaient jamais rien à expliquer. Tu pouvais aller flâner ou voir ce qui se passait au-delà des arbres. Tu peux toujours le faire.

– Je peux ?

– Bien sûr. »

D'une autre table s'éleva une voix implacable : « Quand la Ford est tombée, il a fallu une grue pour me libérer. J'ai de la chance d'être ici pour le raconter. »

« Si nous allons à la pêche, dit James, en croisant nerveusement les doigts sur ses genoux, ça m'est égal si nous n'en attrapons pas.

– Moi non plus. »

Lucien mangeait la même chose qu'il avait mangée des milliers de matins : des œufs, du bacon, des pommes de terre, avec une sauce épicée sur les œufs. Il regarda son assiette et se demanda si c'était sa seule continuité. Tandis qu'il avait les yeux baissés, il y eut un moment de suspension totale dans lequel le bruit de l'argenterie et les voix matinales coulèrent dans l'éternité comme une rivière. Je veux une île, pensa-t-il ; je veux une île.

L'année de leur séparation, Lucien et Suzanne étaient allés aux États-Unis pour les petits achats ordinaires : des livres de poche, un rasoir électrique sans fil, des verres de contact pour Suzanne, dix ou vingt films, une pompe pour l'aquarium à eau de mer. C'était l'année où ils étaient sortis tous deux des boutiques avec des choses qui semblaient mal augurer de l'avenir : Suzanne avec un slip à l'entrejambes découpé, Lucien avec sa première pipe en forme d'épi de maïs. Cela se révéla être en effet un très mauvais signe, en particulier parce que c'était l'époque où Lucien croyait aux *signes*, où il pouvait rejoindre le reste de la populace dans le mélodrame merveilleux et continu des objets inanimés. Il adorait les vêtements et les voitures ; il s'asseyait devant un vieux bureau tropical en rotin qui semblait donner un caractère à son travail. Ce fut aussi l'époque où il commença à sentir que sa queue avait des droits propres. Il la considéra de la même façon que Vasco de Gama considérait l'aiguille de sa boussole. Où qu'il aille, il croyait que c'était une des meilleures queues de la région. Il ne voulait pas qu'on l'accuse de la gêner. C'était une queue de qualité supérieure même quand elle tachait ses vêtements, faisait une énorme bosse ou quand elle pissait sur le dessus de ses chaussures. Pourtant, l'essentiel résidait dans son sentiment de n'aller nulle part, le blues du fonctionnaire.

La voix à l'autre bout du fil affirmait : « On m'a dit que vous pouviez me mettre en relation avec Suzanne Taylor. » C'était un homme.

« Je pense pouvoir le faire. C'est à quel sujet?

– C'est pour savoir quand elle reprend son travail.

– Ce n'est pas des sortes de vacances pour elle ? » demanda Lucien. Il se torturait les méninges pour se rappeler de quel genre de travail il s'agissait : quelque chose à propos de l'argent des polices d'assurance et d'investissement foncier dans le Sunbelt. Son département allait de Houston à Memphis et elle travaillait dans son service.

« Ce serait vraiment formidable de savoir quand elle a l'intention de revenir.

– Je crois qu'elle passe quinze jours de vacances avec son fils.

– Pas question. Dites-lui de rappeler Lawton Hudson. C'est moi. Dites-lui que c'est maintenant ou jamais. »

Lawton Hudson raccrocha. Lucien s'était senti incapable de dire la moindre chose de peur de compromettre ce qu'il ignorait. Mais il était furieux.

Il ne parla à personne en faisant son tour. Dans la cuisine, on le regarda derrière la buée des assiettes du petit déjeuner. Henchcliff recevait une livraison de viande qu'il contrôlait tandis qu'on la transportait sur des chariots dans la chambre froide. A la table de la pâtisserie, il y avait les habituels lecteurs de journaux qui sursautèrent quand Lucien entra. Au bord du bassin, trois ou quatre hommes prenaient des notes avec leurs lunettes demi-lunes et ils levèrent les yeux avec cet air dubitatif qu'elles donnent. Une des quatre infirmières était adossée à l'arrivée d'eau, n'ayant absolument pas conscience de Lucien ou de n'importe quoi d'autre. Le bar était toujours fermé, et la lumière du matin atteignait juste les hautes fenêtres d'où elle rayonnait sur l'eau thermale du bassin continuellement changeante. Une fois, alors qu'on venait d'ouvrir, un fermier du coin avait traversé le bassin sur son cheval au galop pour aller boire un verre au bar. On avait eu du mal à empêcher le cheval de se noyer. Ensuite, Lucien avait poursuivi le fermier en justice. Il n'était jamais revenu depuis, pourtant son avocat penaud avait téléphoné deux ou trois fois.

Antoinette prenait des réservations très vite et le bureau d'accueil était rempli de la merveilleuse odeur du goudron que les paveurs étalaient à l'extérieur. Un vent chaud entrait par les fenêtres ouvertes et Lucien entendait le drapeau américain claquer au-dessus du parking. Antoinette posa son index sur la fossette de sa joue en réfléchissant tandis que les lampes du téléphone s'allumaient. Dans le couloir un décorateur local accrochait des photos de moulins à vent, de cow-boys, de rassemblements de bétail et de trains qui fumaient de façon stupéfiante. Une opération sans problèmes, se dit Lucien.

« Antoinette, est-ce que Miss Taylor a prévu une activité quelconque pour mon fils aujourd'hui ?

– Je crois qu'il a une leçon d'équitation dans une demi-heure. A dix heures.

– Je vois. Je n'étais pas au courant. Qui lui donne la leçon ?

– Je crois que c'est Sheila.

– Antoinette, appelez Sheila et assurez-vous que la leçon dure deux heures, Sheila va donner à James une leçon d'équitation de deux heures. »

Puis Lucien commença à se déplacer plus vite. Depuis les courts de tennis, il pouvait voir les écuries. Sheila expliquait à James les différentes parties des bâtiments et James était assis sur un grand cheval bai qui semblait dormir.

Puis il traversa le verger de pommiers sauvages jusqu'au Pavillon blanc. Quand il arriva au mur, il le contourna vers le côté qui faisait face à la campagne et s'arrêta pour reprendre son souffle. Puis il escalada les croisillons du mur et regarda dans la cour. Comme il s'y attendait, Suzanne prenait un bain de soleil à côté du bassin. Sans qu'il sache pourquoi, il fut effrayé par la maigreur de son corps nu. Elle avait un bras replié sur le visage et une respiration lente et cadencée. Brusquement, le bras se souleva comme pour chasser une mouche et l'effet sur Lucien fut une sorte de peur. Un des genoux de Suzanne était légèrement en oblique contre l'autre, dégageant ainsi une longue cuisse. Lucien ne put s'empêcher de l'observer pour voir si ses seins tombaient ; non. Puis elle s'assit et resta pensive pendant quelques instants ; il avait peur de bouger. Elle alla jusqu'à la table et composa un numéro longue distance ; il le sut parce qu'il compta le nombre de chiffres et il y en eut onze en tout. Longue distance. Elle s'appuya sur les coudes, se passa les doigts dans ses cheveux auburn, parla et rit pendant quelques minutes. Puis elle raccrocha. En revenant vers le bassin, elle souriait encore en repensant à la conversation téléphonique, et elle s'allongea à nouveau.

Quand il redescendit du mur, il sentit qu'il tremblait. Il avait la clef et il alla jusqu'à la porte. Il inséra l'extrémité de la clef dans le trou de la serrure, attendit un moment, puis tourna très lentement en sentant chaque cran céder à l'avancée de la clef. Il poussa et la porte s'ouvrit. Il entra.

Maintenant, il regardait directement Suzanne de tout près, sans qu'elle l'ait remarqué.

Quand il lui prit les poignets et qu'il l'embrassa, son cri remonta du plus profond de sa gorge. Puis elle sut que c'était lui et elle s'arrêta. Elle se contenta de le regarder, appuyée sur les coudes, sans même l'ombre d'une expression. Lucien se déshabilla et écarta ses genoux avec les siens. Puis il s'arrêta et attendit. Une seconde plus tard, elle l'enfonça en elle et il sentit qu'elle avait des larmes sur les joues. Cela aurait dû tout détruire, mais la sensualité saine de Suzanne était quelque chose qu'elle n'avait jamais pu entièrement éliminer et ils firent l'amour pendant longtemps.

« Pourquoi as-tu fait ça ?

– C'était plus fort que moi.

– Tu as raison.

– J'étais comme fou. Je ne plaisante pas, ma chérie. J'étais contrôlé par quelque chose d'autre... » Il disait la vérité.

« Une sorte de levier.

– S'il te plaît.

– *S'il te plaît*. Je n'arrive pas à croire que tu me dises ça. Lucien, peut-il y avoir quelque chose de plus adorable que ton air de victime ?

– Tu étais mouillée.

– Je te demande d'arrêter. C'est comme ça qu'on défend les violeurs.

– Et ton patron a appelé, il voulait que tu recommences à travailler hier.

– C'est quelque chose que nous n'avons pas abordé. Mon travail. Mais ne nous disputons pas. James sera là dans une minute.

– Ne t'inquiète pas. Sa leçon dure deux heures.

– Quelle attention ! Tu lui as réservé un moment plus long. »

Elle commençait à se mettre en colère.

« Tu n'étais pas obligée de faire l'amour avec moi, dit Lucien un peu irrité.

– C'est vrai, je n'étais pas obligée. Mais je n'avais baisé avec personne depuis une semaine. Je devais en avoir besoin.

– Je t'en prie, ne parle pas comme ça.

– Je parlerai comme j'en ai envie. Je ne suis qu'une mère qui travaille et j'ai dû tout me coltiner toute seule, espèce de salaud.

– Houu.

– Tu veux que je te dise. » Elle avait les yeux enflammés. « Je crois que je te hais. Pourquoi est-ce que tu ne vas pas baiser quelqu'un d'autre? Je ne crois pas que j'aie encore envie de baiser avec toi. Oui, c'est ça. Je ne baiserai plus avec toi, et voici pourquoi : ça encourage toute ta sentimentalité larmoyante et tes absences et tes désertions et ta façon de traiter les gens qui t'aiment comme si c'était des miroirs de poche pour que tu puisses voir si tu vieillis ou quel genre de journée tu vas avoir ou à quel point ta philosophie personnelle est efficace et mémorable, ou si tu ne devrais pas commencer à retourner à l'église ou combien de mois se sont écoulés depuis ton dernier check-up ou si tu ne devrais pas arrêter de boire après dîner. Non, espèce de salaud, je ne pense pas que je rebaiserai jamais avec toi. Je pense simplement que je vais foutre le camp d'ici pour aller baiser avec quelqu'un d'autre. Tu sais comment ça se passe. »

Lucien s'en alla. Il était abasourdi par la description qu'avait faite Suzanne et la profondeur de sa haine. Il but un verre au bar, porta deux seaux de balles de golf au practice, il ouvrit une douzaine d'huîtres de Chesapeake qui venaient d'arriver pas avion avec son couteau à huîtres personnel, passa dix ou douze coups de téléphone pour affaires et acheta un canne à pêche à James. Il ne souhaitait qu'une chose, être à nouveau avec Suzanne, et ils voyaient sur le Gulf Stream avec un petit vent du nord, sur leur petit bateau, en route vers la gloire. Il souhaitait jouer encore troisième base, alors qu'il gardait l'angle, il y avait tant d'étés de ça. Et surtout il était ragaillardi par sa fureur.

Mais cela semblait vrai : elle le haïssait.

« Antoinette, dit-il un peu plus tard, trouvez le numéro de téléphone longue distance que Suzanne a appelé au Pavillon blanc vers dix heures et demie. Et appelez-moi le numéro. »

Il attendit que ça sonne et qu'on lui réponde. C'était l'homme qui l'avait appelé. « Oui, dit Lucien. J'ai une réponse, Suzanne reprendra son travail quand elle le reprendra. D'accord ? Elle le reprendra quand elle le reprendra.

– Je crois que c'est très triste pour vous, dit l'homme. Je détesterais être dans votre position. »

18

Sans qu'on s'y attende, il y eut une grosse activité à la Source. Le Lions Club réserva pour deux déjeuners, ce qui s'ajouta à l'activité habituelle et posa un problème. Et Henchcliff ne faisait pas face à cette situation ainsi qu'il l'aurait pu. « Lucien, dit-il après la deuxième journée, nous avons eu une conversation très précise sur ce qu'on attendait de moi, et ce qu'on attendait de moi, d'après ce que j'avais compris, c'était une cuisine de haute qualité et de haut prix, et pas des saucisses de Francfort et des haricots. Pour moi ce restaurant n'est pas une gargote.

– Je le sais. Mais soyez indulgent, nous sommes dans le commerce ici. Nous devons prendre les choses comme elles se présentent.

– C'est à *vous* de prendre les choses comme elles se présentent. Je suis un cuisinier, un artiste.

– Non, dit Lucien. Les cuisiniers ne sont pas des artistes. Quelqu'un aurait dû vous expliquer ça. »

Henchcliff enfonça les mains dans ses poches et serra les coudes : du mauvais temps en perspective. « Vous voulez passer quelques jours avec moi devant le four?

– Je vous paie pour ça. En outre, je ne suis vraiment pas celui avec qui il faut avoir ce genre de conversation. Je n'en ai rien à foutre de ce que les gens se mettent dans la bouche. En fait, les conversations sur ce que les gens se mettent dans la bouche m'ennuient à mourir. J'ai suffisamment de problèmes comme ça, Hench. Ce n'est pas comme si je vous avais à l'essai. Vous feriez mieux de vous arrêter de pleurer et de vous remettre au travail. »

De son côté, Antoinette n'arrêtait pas de prendre des réservations. La pression lui convenait. Si les choses se relâchaient, elle devenait créative et les problèmes commençaient. En la voyant penchée, l'air sinistre, sur son grand livre, Lucien sentit que cette loyauté vigilante produisait en lui une grande chaleur. Il savait évidemment que c'était illusoire, mais qu'est-ce qui ne l'était pas. Il se pencha vers elle et la serra contre lui.

Il vérifia les chariots de linge et la liste des occupations ; il y avait une voiture de Billings dans le parking du personnel et il la fit déplacer. Il demanda à Shane d'enlever les graffiti dans les toilettes pour hommes du bar et il fit l'inventaire des alcools avec le relevé du barman. Il n'y avait plus d'olives. Le goudron du parking avait durci et il retira la corde et les fanions qui le fermaient. Trois camions avec des radeaux de raft attachés sur le plateau attendaient pour se garer, il salua les conducteurs d'un geste de la main quand ils s'avancèrent sur le goudron neuf avec un bruit de succion. Il remplit la mangeoire des oiseaux et serra les fils de fer qui fermaient les sacs poubelles derrière la cuisine. Il enfonça un bâton dans la descente de six gouttières et en sortit des feuilles et des saletés. Sur les six, quatre laissèrent couler beaucoup d'eau et il y avait pourtant du soleil. Des gouttières sans soudure. Il jeta une bâche sur la machine à fendre les bûches et ferma les portes coulissantes du hangar où l'on rangeait le tracteur. Il avait toute l'ardeur d'un homme avec une affaire de famille.

Il sauta le dîner et travailla jusqu'à la nuit. Il avait les muscles douloureux et il prit une douche pour se sentir mieux. Cette nuit-là, Suzanne le laissa rester. Les murs propres et blancs de la chambre rendaient leurs ombres plus nettes ; et de l'autre côté de la porte, il pouvait imaginer James dormant à poings fermés sur le lit d'appoint avec une pile des véritables histoires de l'Ouest américain à côté de lui.

« James, qu'est-ce qui t'intéresse ? » Lucien avait penché le saule et essayait de récupérer la mouche à truite de James. James lançait plus souvent sa mouche dans les branches que dans l'eau.

« Beaucoup de choses.

– En quoi est-ce que tu es le meilleur ?

– Quoi ?

– Qu'est-ce que tu fais le mieux ?

– Est-ce que ce n'est pas toi qui vas me l'apprendre ? » demanda James.

Le cours d'eau serpentait entre des buissons au milieu de la plaine. Il y avait des cerfs aux limites de la visibilité et des nuages d'oiseaux qui s'élevaient et redescendaient. Les trous d'eau étaient sableux et les truites restaient entre deux eaux, en petits bancs, comme des poissons dans l'océan.

Le lendemain, il se passa une petite chose que Lucien interpréta comme un signe, un bon signe. Il alla en ville apparemment pour régler quelque chose à la banque, mais en réalité parce que le plat du jour pour le déjeuner au *Part Time Bar* était de la soupe de pois cassés, son plat préféré. Tous les problèmes municipaux étaient réglés aux tables et au comptoir. Les machines à sous avaient jusqu'à vendredi pour quitter la ville et la plupart des gens semblaient heureux de les voir partir. Deux cow-boys discutaient pour savoir si Tom Horn avait ou non tué le gosse, et on avait l'impression que le temps s'était arrêté pour qu'on vérifie ou simplement pour créer un tableau vivant. Mais en réalité, le signe c'était Dee, l'ancienne petite amie de Lucien, seule à une table. Lucien s'assit. Elle portait un jean et un pull rose sans manches. Elle était attirante. Pas étonnant que j'étais tout le temps en train de lui enfoncer ma queue dedans, se dit Lucien.

« Tu sais quoi ?

– Non, dit Lucien.

– Je quitte Mr Trou-du-Cul.

– Il n'a pas été un bon mari pour toi ? » demanda Lucien, en sachant parfaitement qu'il aurait été sacrément difficile de dire quelque chose de plus bête. Il commanda une soupe.

« Tu seras aussi heureux d'apprendre que je quitte la ville.

– Je ne suis pas heureux de l'apprendre.

– Nous avons trouvé des moyens de passer le temps, dit-elle. Toi et moi.

– C'est sûr.

– Ma sœur est fleuriste à Salt Lake City, dit-elle. Ils ont acheté une antenne parabolique. Je vais rester avec eux le temps de me mettre au courant. Je ne connais rien aux fleurs. Mais qu'est-ce que tu connaissais aux sources thermales?

– Rien, reconnut aussitôt Lucien.

– Tu as simplement baisé la bonne meurtrière.

– Ha, ha, ha.

– Qu'est-ce que ça a de drôle? Moi, c'était un représentant en gouttières. Mais je n'en peux plus. Mercredi il a acheté une porte de garage électrique et on n'a pas pu sortir la voiture pendant trois jours. Je suis allée en ville à pied. Alors, pour moi, ça suffit. Ça m'est égal de savoir combien il y a de Mormons à Salt Lake City. J'ai une photo de cette mouette depuis la sixième, et je savais qu'un jour j'irais. Et Mr Trou-du-Cul va recevoir un avis de saisie et je n'ai pas envie d'être là quand ça va tomber. Chez nous, c'est vraiment très simple : je veux être quelqu'un et il veut être personne. C'est exactement noir et blanc. Je vais aller à Salt Lake City avec tous ces Mormons et je vais réussir en couchant.

– C'est difficile de trouver quelque chose à dire, Dee.

– Pourquoi dire quelque chose? Ça roule pour toi. Mais rappelle-toi ça : la vieille Dee était là quand tu pleurais. »

Ce soir-là, Lucien joua aux dames avec James et perdit. Le petit garçon, en peignoir de bain et pantoufles – où est-ce que les enfants trouvent des pantoufles aujourd'hui? –, jouait pour gagner; Lucien ne pouvait pas l'arrêter. Lucien aida Suzanne à le mettre au lit; elle lui avait acheté un globe terrestre dans la journée et il le fit tourner lentement tandis qu'il s'assoupissait en marmonnant le nom des pays. Ils firent l'amour et Lucien s'endormit en pensant à Dee partie sur la grand-route ; elle avait sûrement pris quelques cachets pour faire le voyage d'un coup.

Tard dans la nuit, Suzanne se leva et dit qu'elle entendait le chien tacheté qui buvait dans le bassin. Lucien lui demanda quelle différence cela faisait. « Aucune, répondit Suzanne. Est-ce qu'il n'est à personne ? » Lucien laissa retomber la tête sur l'oreiller parce que Suzanne avait posé sa question de façon désespérante. « Je pensais que si je le chassais de notre bassin il retournerait chez lui. Mais ça n'arrivera pas nécessairement s'il n'a pas de maison.

– Suzanne, arrête, s'il te plaît.

– D'accord. Je n'arrête pas de parler, hein ?

– Un peu.

– C'est bien de faire l'amour avec moi ? demanda Suzanne.

– A quoi penses-tu ?

– Eh bien, tu n'as jamais été comme ça avec moi avant. Je crois que tu as envie de moi.

– C'est vrai, dit Lucien.

– Je veux dire plus qu'avant.

– J'avais un problème avant, dit Lucien.

– Tu n'en as plus maintenant ?

– Espérons, dit Lucien.

– Espérons !

– Ce n'est pas ce que je voulais dire. Simplement, je ne veux pas me porter la guigne. Je sais que nous sommes heureux, un peu en tout cas. Des petits pas pour de petits pieds. Il me suffirait d'un porte-malheur et ça me finirait. »

Lucien se demanda ce qui allait se passer pour

son travail. Il savait qu'il y aurait une certaine grossièreté à l'interroger sur ce sujet ainsi que sur ses relations avec son employeur. En outre, les questions de jalousie sexuelle l'ennuyaient. C'était comme de parler éternellement des orifices avec des dents que les gens avaient dans le visage et des morceaux de nourriture qu'ils y faisaient passer. Finalement, ça suffisait comme ça, même si les impulsions diverses du corps humain laissaient des traces à l'odeur plus forte que le plus vieux chacal. A la fin, on était dégoûté par le corps lui-même, un Kelsey en puissance, bon à donner à une université perdue. On voulait que le cerveau, le siège des sens, vole sans poids. La pauvre vieille queue se battait toujours contre la pesanteur : en faisant des difficultés lorsqu'elle résistait, en tombant dans la mauvaise jambe de pantalon lorsqu'elle se relâchait. Des gens plus jeunes considéraient la sienne comme une bite de grand seigneur ; mais on finit par la voir pour ce qu'elle est, une petite obsédée.

Il y avait une lampe de chevet, et Lucien écrivit leurs initiales dans la mince couche de poussière, en se disant j'aime vraiment cette fille. Quand elle se rendormit, il se leva doucement et alla voir James. Lucien trouvait que les enfants prenaient beaucoup de place quand ils étaient éveillés et qu'ils devenaient tout petits quand ils s'endormaient. James avait l'air tout à fait différent parce qu'il ne portait pas ses épaisses lunettes. La façon étrange qu'il avait de nager dans ses vêtements avait cédé la place à une nonchalance qui soulagea Lucien quand il regarda le petit garçon. C'était comme si James pouvait un jour sortir de son être effrayé et continuer, être heureux, et peut-être, par un processus non encore inventé, réclamer les années que son père avait gâchées. Lucien savait tout à fait que cette dernière idée était complètement stupide ; mais elle l'apaisa et il put se rendormir immédiatement, comme le font, dit-on, ceux qui ont de l'amour-propre.

C'est agréable de pouvoir s'en aller vite. Ils pourraient ramasser leurs affaires et s'en aller. Ils étaient seuls. Ils pourraient retourner à Green Turtle et habiter à Black Sound. Lucien pourrait même peindre un peu. James pourrait ramasser des bernard-l'ermite dans les racines des mangroves et s'en servir comme appât pour les albulas et ils pourraient descendre à Manjack pour pêcher sur les hauts-fonds. Ou retourner à l'USIA ! A bien des égards c'était un travail intéressant, et il pourrait le reprendre avant d'avoir complètement perdu son espagnol. Tout serait possible quand le centre aurait été reconstitué. Non pas que Lucien pensait qu'il ne restait du passé que d'innombrables cicatrices. Il pensait qu'il pouvait oublier Emily, car il avait vu ce qu'elle valait, il n'était plus question d'elle, et elle était partie. Manifestement, tout cela le rendait triste, mais il ne se sentait pas capable de lutter contre la déveine qui accompagnait Emily. S'il s'agissait de fatalisme, eh bien, qu'il en soit ainsi. Il ne ressassait pas non plus la vie amoureuse de Suzanne dans l'intervalle. Certaines choses étaient devenues pénibles, et se remettre debout comme un chat sur un linoléum perpétuel était maintenant au-dessus de ses forces.

On dut faire venir une ambulance pour une des infirmières. Elle ne se réveillait plus. Elle avait payé la femme de ménage pour qu'elle ne la dérange pas et on dut nettoyer beaucoup de restes de nourriture venant de la cuisine. Elle se réveilla à l'hôpital et quelques heures plus tard elle reprit ses vacances avec l'infirmière australienne, qui avait l'air d'être aussi mal en point qu'elle. Toutes les infirmières étaient engagées dans une sorte de marathon ; deux d'entre elles pouvaient le supporter et continuer à manger, et manifestement pas les deux autres.

Lucien alla à Deadrock en camion pour se faire faire une piqûre de cortisone. Seul pendant le long hiver, il avait fini par avoir la crampe du tennis à force de se masturber. Ça ne voulait pas s'en aller et il acceptait un traitement. Bien sûr, son médecin essaya d'avoir avec lui une discussion sur des questions médicales plus générales. Lucien y mit fin aussitôt.

« J'aimerais que vous fassiez un peu plus attention à votre santé. Vous êtes au milieu de votre vie, dit le médecin.

– Vous avez raison. Ma vie va durer cent ans avec des périodes de bonheur qui battront tous les records. Faites-moi cette saloperie de piqûre. Je travaille et j'ai une famille à charge. »

Puis il se promena dans les rues de Deadrock, il retrouva quelques chemins de son enfance, il se souvint des endroits où des chiens l'attaquaient quand il livrait les journaux, et il vit de grosses maisons très belles ainsi que des petites qui étaient l'orgueil de leurs propriétaires ; les différents immeubles dans lesquels son père avait eu des bureaux et les petites pharmacies où sa mère avait obtenu des prescriptions loufoques et des boîtes pour se faire des permanentes. Des enfants couraient sur les trottoirs et beaucoup d'entre eux étaient ces jeunes assez agréables dans lesquels on pouvait déjà distinguer un adulte typé et brutal. Il vit l'endroit où il avait appris à jouer troisième base, où il s'était battu avec son meilleur ami, et où il avait gagné son premier argent comme pompiste et en travaillant pour un couvreur. Il se souvenait encore d'avoir laissé en plan un travail sur des freins, la voiture montée sur le pont, et il était parti pour essayer de devenir cow-boy dans les collines autour de la ville. Il resta à l'écart de la maison dans laquelle il avait vécu avec sa mère. Était-ce comme les femmes et la naissance, puisqu'il ne se souvenait pas de la douleur? Il aimait toujours l'endroit et il ne voyait aucune raison pour ne pas y vivre et y être heureux.

Il revint chez lui. Quand il entra, Emily était assise à la table et lisait le journal local. « Je t'ai apporté une noix de coco d'où soufflent les vents, dit-elle.

– C'est vrai? dit-il d'un air absent.

– Je l'ai mise de ton côté du lit », dit Emily. Ses cheveux étaient décolorés et blancs comme un os et seuls ses yeux étaient maquillés. Elle semblait amaigrie et méchante.

« Alors! dit Lucien comme s'il la découvrait. Tu es revenue. »

19

Vers cinq heures Lucien était à l'aéroport avec le maire, les personnalités de Deadrock, une poignée de responsables des communautés et les fermiers importants, un homme de la Production Credit Association, un trio de la Chambre de commerce, une femme du Bureau pour la promotion des entreprises et l'orchestre du lycée de Deadrock. Lucien ne connaissait pas encore le nom de la ville jumelée mais la délégation jaillit de l'avion comme un pouce douloureux. C'étaient des gens de petite taille, ils portaient des robes ou des sarongs qui balayaient le tarmac ; on ne distinguait pas les hommes des femmes, et, jusqu'à ce que l'un d'eux finisse par s'avancer devant les autres, leur arrivée sembla s'effectuer sans ordre. Ils quittèrent seulement l'avion pour marcher au hasard sur la piste. Un des porteurs de bagages leur indiqua l'aérogare. Une fois à l'intérieur, un vieil homme qui ne mesurait pas beaucoup plus de un mètre vingt fit un discours dans sa langue, une suite de notes percutantes dans une gamme insaisissable. Deux fermiers prirent sur eux de regrouper ces gens pour les conduire vers les voitures. Lucien ne servait pas à grand-chose. En fait, le maire l'observa quelques instants et lui demanda : « Vous avez perdu votre langue ? » Lucien secoua vivement la tête puis écouta le chef de la délégation de quelque part dire dans un anglais parfait : « C'est le décalage horaire. Il faut qu'on se pieute. » La file de voitures s'étirait sur la route en direction de Deadrock et de la Source Chaude.

Lucien regarda les clients recevoir la délégation. Tout le monde était au bord du bassin pour observer les gens de petite taille. Brusquement, la moitié d'entre eux enlevèrent leur sarong ; ils portaient une bande de tissu nouée autour des reins et ils sautèrent dans le bassin dans lequel ils filèrent comme des animaux marins, en se déplaçant dans l'eau sans effort à une vitesse surprenante. Certains avaient des seins plus gros que les autres et devaient être des femmes. Lucien appela Suzanne par le téléphone intérieur.

« Allô, ma chérie, je suis à la Source. Écoute, je ne sais pas combien de temps ça va durer. Je pense que je vais essayer de supporter et rester chez moi.

– Tu as bu quelque chose ?

– Bu quelque chose ?

– On dirait que tu as bu quelque chose.

– Mon Dieu, non, j'aimerais bien. Je ne sais plus où donner de la tête. Écoute, je te rappellerai plus tard.

– Je t'aime.

– C'est vrai ?

– Oui, dit-elle. James m'écoute et il se montre du doigt en disant " moi aussi ".

– Oh, mon Dieu », dit Lucien.

Emily éteignit la télévision et regarda Lucien qui entrait dans le salon. « Je viens de te voir à la télé avec tous ces nains. Mais, putain, ils sont de quel pays ?

– J'aimerais bien le savoir.

– On peut voir qu'ils sont vraiment étrangers, dit Emily. Mais c'est la première fois que j'ai vu comment tu avais bien arrangé la Source. Je veux dire je m'attendais à quelque chose de bien, mais tu as vraiment travaillé comme un castor, hein ? » Elle sourit en le regardant fixement. La pièce était pleine de son parfum, et Lucien se souvint que c'était une odeur qu'on aimait beaucoup dans les grandes villes d'Amérique centrale. « Tu as pris de bonnes résolutions ?

– Pourquoi est-ce que tu te maquilles autant les yeux ?

– Réponds d'abord à ma question.

– Oui, dit Lucien. J'ai pris de bonnes résolutions.

– Eh bien, on peut dire que moi aussi. Le meilleur de l'ancienne Emily, le meilleur de la nouvelle. Si tu n'en es pas fou, tu peux te faire rembourser à la sortie.

– A la sortie ?

– A la sortie. »

Elle descendit dans la chambre du rez-de-chaussée et commença à empiler des affaires sur le sol. « Je veux me plonger dans ma vieille Source. *Es possible?*

– Bien sûr.

– C'est parfait, parce que c'est ce que je veux faire. Peut-être plus tard, quand les nains dormiront.

– Ils sont seulement petits. Ce ne sont pas des nains.

– Est-ce qu'on va les mesurer ? Où est-ce qu'est ton sens de l'humour, Lucien ?

– Tu peux tout reprendre, dit Lucien. Tu peux tout avoir.

– Tu parles exactement comme un homme qui vient d'être opéré », dit Emily en riant. Elle était ravissante dans sa tentative ratée de paraître vulgaire ou de se déguiser, ce qui était plus vraisemblablement le cas. « En plus, je n'arrive pas à comprendre quel rôle je joue là-dedans. Tu t'es tellement amélioré. »

La lune descendait directement sur l'horizon et, dans le bassin, il n'y avait que Lucien et Emily qui nageaient. « Je le veux comme un poison, dit Emily. C'est comme ça que je le veux, et c'est comme ça que je l'aurai. » Ses cheveux argent qui flottaient à la surface étaient presque invisibles. Elle rejeta la tête en arrière et regarda droit vers la verrière. « Après, je veux que tu me donnes une chambre exactement ici, près de mon vieux trou d'eau. »

20

L'orchestre jouait *Red River Valley*. Lucien était assis avec le maire et le reste des invités, près de quarante personnes y compris ceux de la ville jumelée. Au fur et à mesure qu'arrivaient les plats de Henchcliff, la vaisselle s'accumulait. Les gens de petite taille mangeaient avec leurs mains et dégageaient une atmosphère rare et chaleureuse qui gagnait les gens les plus sérieux de la ville autour d'eux. Wick Tompkins était là lui aussi avec un sourire de lutin. Il essayait de manger comme eux et faisait leur éloge. Lucien appela Wick à l'autre bout de la table, en faisant bouger ses sourcils comme pour briser la glace. Il dit : « Il faut que je te parle. » Les gens de petite taille regardaient sans comprendre. Le plus âgé, qui parlait anglais, s'écria : « C'est la fête ! » avec un sourire plein d'espoir. Lucien alla voir Wick au bout de la table.

« Emily est ici.

– Je pensais bien que tu avais quelque chose.

– Je ne sais pas quoi faire.

– Bois quelques verres. Il faut que tu fasses un discours. »

Wick portait un costume à rayures et il avait un

visage aussi vide que celui qui regarde creuser un trou. « J'ai bien peur que tu sois vraiment seul.

– Le problème, c'est que j'éprouve toujours quelque chose pour Emily.

– Non, Lucien, dit Wick. Tu aimes Suzanne et le petit machin truc, petit quatz'yeux.

– Un discours ! Un discours ! Un discours ! » Ils tapaient dans leurs mains en répétant la même chose et regardaient Lucien. Il retourna à sa place et attendit quelques instants que le calme revienne. Puis il parla de sa ville, de son pays et de sa vie. Il n'avait par peur de lasser son auditoire. Il savait qu'ils l'écoutaient toujours quand il parla des enfants et de l'au-delà. Quand il s'assit, ils applaudirent et le doyen et ses adjoints les plus proches crièrent « Marque de qualité ! » avec tant d'amusement, de spontanéité et d'humanité que ce fut comme une sorte de sacrement entre eux. Lucien n'arrivait pas à imaginer d'où ils pouvaient bien venir.

A la fin du repas, quand tout le monde se leva, Lucien revint chez lui et monta au premier. Emily était allongée sur le lit, les mains sur le front, comme un bandeau. Il ne voyait pas ses yeux. « J'espère que tu te rends compte que je viens de passer une année avec des hauts et des bas.

– Je comprends, dit Lucien, désolé pour elle.

– Est-ce que la triste histoire de W.T. Austinberry est venue jusqu'ici.

– Oui.

– Une bien triste histoire.

– Oui, dit Lucien, bouleversé.

– Je l'ai tué avec ça. » Elle leva le pistolet. C'était un objet poli, fin et plat. Lucien eut le regret bref et absurde de ne pas avoir trouvé le moyen d'échanger W.T. et Kelsey. Puis il sut que c'était une idée folle. C'était inquétant de sentir ce désir d'aller au secours d'Emily.

Elle s'appuya sur le côté. Il se rendit compte qu'il la regardait fixement. « Et ne t'imagine pas que tu sois le seul à te demander pourquoi je suis revenue. Je menais une vie intense, je te le dis, intense, parmi tous ces Américains qui ne peuvent par revenir au pays. C'est un club magnifique composé des gens les plus intéressants que produit notre société. Tu devrais y jeter un coup d'œil. En général, pour en être membre, il faut avoir fait quelque chose d'horrible, mais où est-il écrit que la vie doit être facile? Nous avions même un couple de nazis. Ce n'est pas que j'approuve. Mais ils étaient très corrects à tous points de vue, et plus que quiconque dans le groupe, ils savaient s'habiller élégamment sous les tropiques. Tu sais? Nous, nous relevions nos manches et nous étions brillants de sueur. J'imagine facilement que nous devions avoir l'air pathétique. Mais il faut du temps pour apprendre la vie là-bas. Plus j'en parle, Lucien, plus je deviens nostalgique. Manifestement, W.T. ne s'adaptait pas du tout à ce genre de vie. Jusqu'à ma mort, je reverrai W.T. avec ses bottes de cowboy sur les magnifiques plages. Et tu peux me croire, quiconque dit que ceux qui ont de grands chapeaux sont des éjaculateurs précoces a tout compris.

– Pourquoi est-ce que tu n'as pas été jugée? demanda Lucien.

– Certains bons amis américains m'ont trouvé un de ces pays petits comme une portée de crachat, et nous y sommes allés sur un bateau de pêche. Et ce petit pays était plein de gens qui ne pouvaient pas retourner dans leur pays. Et je me suis retrouvée dans une société qui était bien moins séduisante que celle que je venais de quitter. Mais si l'on a pu prouver que j'avais tué W.T., c'est parce que, dans l'adoration désespérée et malencontreuse qu'il avait pour moi, il a commencé à se conduire exactement comme mon mari, même s'il ne s'est jamais livré aux mêmes excès en me frappant, en m'écrasant les mains dans des portières, en vendant mon piano et en m'enfermant. En un mot, ça n'a pas été une promenade d'agrément. Tu me crois? » Elle pleurait, et sa colère et sa douleur se manifestaient en même temps.

Lucien était déchiré. Il fallait qu'il se sorte de là. Il raconta à Emily qu'il devait être à la Source au moment de la fermeture et il quitta la maison, en la laissant au premier étage où le vent gonflait les rideaux.

Le bar était encore presque plein. Quand Lucien entra, Wick assis sur un tabouret l'appela : « Seigneur, aie pitié de mon fils, car c'est un fou qui souffre cruellement. Car souventes fois il choit dans le feu et souventes fois dans l'eau. » Matthieu, dix-sept.

– C'est beau, dit froidement Lucien. Tout le monde devrait lire la Bible. Ça n'a pas le succès que ça avait autrefois dans les bars.

– Est-ce que tu vas rester là jusqu'au dégel? dit Wick d'une voix d'ivrogne. Ou est-ce que tu bois quelque chose?

– A boire, dit Lucien au barman.

– Lucien, dit Wick, il y a un temps pour s'entraîner et un temps pour s'envoler et l'oiseau malin le sait.

– C'est bien vrai », dit Lucien avec une tolérance sarcastique.

Le barman posa leurs verres sur le comptoir. Wick essaya de le voir nettement et poussa de l'argent dans sa direction.

« Excuse-moi, dit Wick au barman, mais tu chie dans mon portefeuille.

– Pourquoi est-ce que tu ne rentres pas chez toi pour te coucher? » lui demanda Lucien. Wick avala son verre d'une seule gorgée et se leva d'un air hautain.

« Je me demande si tu sais à qui tu parles, dit Wick alors que tout le monde les regardait. Actuellement, je suis la vedette de l'histoire de la vie d'un vieux vendeur de voitures qui se joue au théâtre Mark Taper Forum à L.A., dans laquelle on peut entendre un rire éternel qui vient de la roulotte d'une diseuse de bonne aventure et d'autres situations modernes. L'histoire à son plus haut degré d'information. Venez donc me voir dans ma loge. Bonbons à la menthe gratuits. Cendriers sur pied. Du beau monde comme vous. A la fin de la pièce, on m'épingle une énorme marguerite en papier sur la poitrine et on me donne un poisson pourri. Le rideau tombe sur les applaudissements, la plupart pour moi. »

Il fit un pas et tomba dans les pommes.

Lucien contourna la Source. Maintenant tout était calme et il essaya de l'imaginer comme elle était quand il se trouvait ici avec son père et le nuage de corbeaux qui s'élevait dans le ciel. Il pensa au poème dans lequel la mort laisse un trou pour l'âme couleur de plomb pour vaincre le feu. Et il pensa à l'époque où il faisait du bateau seul sur la rivière, avec un gilet de sauvetage de la taille de son fils.

Lucien vit de loin que la lumière de Suzanne était toujours allumée et le bouquet d'arbustes transformait sa lueur en sémaphore. A l'intérieur, Suzanne lisait, assise près d'une table. Elle avait un pull-over par-dessus son peignoir de bain.

« Où est-ce que tu étais ? demanda-t-elle.

– Il y avait ce dîner.

– Oui... ?

– Et Emily est ici », dit Lucien. Les yeux de Suzanne étaient si vides qu'on aurait cru que le nerf optique était mort.

« C'est vrai ?

– J'ai pensé qu'il fallait mieux que je te le dise.

– Pourquoi est-ce que tu n'en parles pas, Lucien ? » Elle posa le livre sur son front.

« D'accord.

– Mais quand tu la verras, rappelle-toi comment je m'en suis bien sortie toute seule. Et quoi qu'il arrive, il se passera des années avant que je te fasse à nouveau confiance. Et ce sera peut-être jamais. »

Lucien dit : « C'est un risque que je prends. »

Emily dormait nue sur les couvertures, avec son sac à main à côté d'elle. Elle se réveilla quand il entra mais ne bougea presque pas. La lumière de la veilleuse passait à travers le store vénitien et dessinait des raies sur tout. Une lampe était aussi allumée dans la salle de bains et l'on pouvait voir la moitié de l'armoire à pharmacie et une serviette humide accrochée au rebord du lavabo. Des chiffres luisaient sur la pendule de la radio et tout était très calme. Lucien lui demanda de s'habiller, elle se leva et commença à enfiler ses vêtements; les raies de lumière découpaient son corps. Lucien regardait.

« Je suis à ta merci, n'est-ce pas? Surtout si j'aime l'endroit où nous allons. Parce que le mystère a du charme et vice versa. C'est ça faire la cour. Les gens courtisent l'amour – passe-moi mes chaussures – et ils courtisent la mort. On courtise toutes les grandes choses. Où est-ce qu'on va?

– Te trouver un avion. Je te renvoie.

– Et si je ne pars pas?

– Je ne sais pas. Je pense que la police te trouvera.

– Tu ne veux absolument pas me cacher?

– C'est vrai. Je pourrais vendre la Source et t'envoyer ce que ça rapportera. Je pourrais faire ça.

– Non, mon chéri, tu devrais la garder. Elle te va comme un gant. T'enlever de ton cirque ce serait comme de lacérer un tableau. » Il savait qu'elle avait toujours le pistolet, et quand elle le regarda fixement il sentit qu'elle le jaugeait. Ce fut un regard étrange et privilégié dans l'éternité.

Ils roulèrent jusqu'à ce que la lueur des étoiles sur la prairie éclaire la route sinueuse comme un morceau de ficelle. Il y avait de vastes champs dénudés de chaque côté, là où l'on avait coupé la moisson en panneaux structurés et immenses. Le vent frais de la nuit traversait la plaine et entrait dans la voiture. Quoi qu'il arrive à Lucien, cela semblait venir d'une certaine source à des milliers d'années ou à des milliers de kilomètres de là.

« Est-ce que tu comprends que si tu me chasses ça peut être ma fin?

– Oui », dit-il, et il se sentit brusquement déraciné, un sentiment aussi violent que l'enfantement. La lumière jaillit vers eux depuis le terrain d'aviation et le hurlement du vent qui venait de la plaine emplit l'intérieur de la voiture. Elle lui donna une pièce pour qu'il appelle le pilote. Une lumière s'alluma dans une roulotte à une centaine de mètres.

« Tu te souviens quand tu es venu à la maison après avoir fui ton mariage rompu et ta petite épouse désespérée et que tu as fait ce geste infantile de payer ma caution ?

– Pourquoi dis-tu que c'était infantile ?

– Parce que j'aurais parfaitement pu la payer moi-même.

– J'ai cru que ça voulait dire quelque chose quand tu m'as laissé la payer.

– Mais ça voulait dire quelque chose ! Ça voulait dire qu'on ne saisirait pas le ranch quand je quitterais le pays puisqu'il était à ton nom. Ça voulait dire que je l'aurais toujours pour y revenir. C'est tout le mépris que j'avais pour toi. » Un éclair de lumière venant du terrain d'aviation enflamma leurs visages.

« Je suis désolé d'apprendre ça.

– Je comprends bien. Mais tu n'es pas cruel, Lucien. C'est ce qui te distingue des autres. Il faut dire que tu n'as pas eu grand-chose à affronter.

– Est-ce que tu vas me tuer ?

– Ne te vante pas. »

Lucien sortit sur l'herbe pour regarder l'avion décoller. L'appareil s'élança sur la piste en se balançant dans le vent. Il avait disparu dans l'obscurité quand il quitta le sol et quand il commença à grimper selon un angle régulier. En très peu de temps, Lucien fut incapable de distinguer ses lumières des étoiles.

Suzanne loua une voiture parce qu'elle voulait traverser le Wyoming avec James pour qu'il connaisse la Wind River Range et le Désert Rouge, où l'on pouvait voir des troupeaux de mustangs depuis la route. Ils rendraient la voiture en arrivant à Denver et rentreraient chez eux en avion. Elle dit qu'elle voulait que James sache qu'elle était une fille de l'Ouest même s'ils vivaient tout le temps en ville. James mit les bras autour du cou de son père, il lui donna un baiser d'adieu et lui dit qu'il le reverrait la prochaine fois. Quand le garçon fut dans la voiture, Suzanne dit : « Il n'a plus peur de toi. C'est ce qui est arrivé de mieux. Est-ce que tu n'avais pas toujours peur de ton père ? » Elle monta en voiture.

« Je crois que j'avais peur de lui, dit Lucien, mais il est mort depuis longtemps. »

Le fils de Lucien agita la main pour lui dire au revoir et Suzanne garda les yeux fixés sur la route.

Si vous désirez être régulièrement tenu au courant de nos publications, merci de bien vouloir remplir ce questionnaire et nous le retourner :

Éditions 10/18
c/o 01 Consultants
35, rue du Sergent Bauchat
75012 Paris

NOM : ____________________

PRENOM : ____________________

ADRESSE : ____________________

____

CODE POSTAL : ____________________

VILLE : ____________________

PAYS : ____________________

AGE : ____________________

PROFESSION : ____________________

TITRE de l'ouvrage dans lequel est insérée cette page :

McGUANE - La source chaude, nº 2974

Cet ouvrage a été réalisé par la
SOCIÉTÉ NOUVELLE FIRMIN-DIDOT
Mesnil-sur-l'Estrée
pour le compte des Éditions 10/18
en juin 1998

Imprimé en France
Dépôt légal : juillet 1998
N° d'édition : 2929 - N° d'impression : 43273